I0565160

PAULO KOELHO

KİMYAGƏR

PAULO COELHO

O ALQUIMISTA

Kimyagər" – Braziliya yazıçısı Paulo Koelhonun ən məşhur əsərlərindən biridir. O, dünyada milyonlarla insanın sevimli kitabıdır.

Gənclər xəyalpərəst olurlar, arzulamaqdan qorxmurlar, onlar üçün hər şey əlçatandır. Lakin zaman keçir, sirli bir gücün təlqini ilə onlar arzularını həyata keçirə bilmirlər.

"İnsanın yeganə həqiqi borcu – öz taleyinə, arzusuna qovuşmağa çalışmaqdır..." – bunu Koelho deyir.

Artıq kulta çevrilən bu roman öz oxucusunun həyatını dəyişməyə qadir olan bir əsərdir.

Bu nəşr razılaşdırılıb
Sant Jordi Asociados Agencia Literaria S.L.U.,
Barcelona, Spain
Originally published as *O ALQUIMISTA*
by Paulo Coelho
www.paulocoelho.com

Paulo Coelho [pˈawlu kuˈaʎu] **O ALQUIMISTA**
Paulo Koelho KİMYAGƏR
Bakı, Qanun Nəşriyyatı, 2015, 216 səh., 1000 tiraj
Çapa imzalanmışdır: 06.08.2015

Tərcümə: Samir Bulut

ISBN   978-9952-36-042-4

© 1988 by Paulo Coelho
© Qanun Nəşriyyatı, 2012, 2015

Qanun Nəşriyyatı
Bakı, AZ 1102, Tbilisi pros., 76
Tel: (+994 12) 431-16-62; 431-38-18
Mobil: (+994 55) 212 42 37
e-mail: info@qanun.az
www.qanun.az
www.fb.com/Qanunpublishing
www.instagram.com/Qanunpublishing

Bu kitabın Azərbaycan dilinə tərcümə və yayım
hüquqları Qanun Nəşriyyatına məxsusdur.
Kitabın təkrar və hissə-hissə nəşri "Müəlliflik hüququ
və əlaqəli hüquqlar haqqında Azərbaycan
Respublikasının Qanunu"na ziddir.

ÖN SÖZ

Oxuculara "Kimyagər" kitabının simvolik olduğunu və bu baxımdan da uydurmaya bir kəlmə də yol verilməyən "Maqın gündəliyi"ndən fərqləndiyini əvvəlcədən deməyi özümə borc bilirəm.

Ömrümün on bir ilini əlkimyanı öyrənməyə həsr etmişəm. Magiyada ilk addımını atan hər kəs üçün dəmiri qızıla çevirmək, yaxud Əbədi Həyat İksirini tapmaq çox cəzbedicidir. Allahın varlığını dərk və hiss etməyənə qədər hər şeyin nə vaxtsa həmişəlik olaraq bitəcəyi fikri mənim üçün dözülməz olduğundan, etiraf edim ki, iksir məndə çox güclü təəssürat yaratdı. Ona görə də yer üzündəki ömrümüzü illərlə uzada biləcək hansısa məhlulu yaratmağın mümkünlüyü haqqında eşitdikdən sonra özümü bu iksirin hazırlanmasına həsr etməyi qərara aldım.

Bu zaman yetmişinci illərin əvvəli, böyük sosial dəyişikliklər dövrü idi, hələ əlkimya sahəsində ciddi işlər yox idi. Mən bu kitabın qəhrəmanlarından biri kimi, qəpik-quruşumu xarici kitablar almağa, zamanımı isə – onların mürəkkəb simvolik dilini öyrənməyə xərclədim. Rio-de-Janeyroda Böyük Yaradılışla ciddi surətdə məşğul olan iki-üç alim tapdım, lakin onlar mənimlə görüşməkdən imtina etdilər. Özünü kimyagər sayan, laboratoriyası olan çoxlu adamla tanış oldum, onlar ağlagəlməz məbləğə öz məharətlərinin sirrini mənə öyrətməyi təklif edirdilər; indi başa düşürəm ki, onlar öyrətməyə hazırlaşdıqları şeydən heç nə anlamırdılar.

Ciddi səylərim heç bir nəticə vermədi. Əjdahalar, günəşlər, şirlər, aylar... kimi sonsuz simvollarla dolu olan əlkimya dərsliklərinin çoxmənalı dilindən heç nə əldə edə bilmədim. Mənə həmişə elə gəlirdi ki, düzgün istiqamətdə çalışmıram, zira simvolik dil yanlış izahlar üçün geniş meydan açır. 1973-cü ildə, əlkimyaçılıqda bir addım belə irəliyə gedə bilməməyimin üzüntüsündən çox məsuliyyətsiz hərəkət etdim. O vaxtlar Matu-Qrossu ştatının Təhsil İdarəsi məni teatr sənətindən dərs deməyə dəvət etdi və mən öz tələbələrimdən Zümrüd Lövhələr mövzusunda "laborator" tamaşaların səhnəyə qoyulması üçün istifadə etdim. Bu, nəticəsiz ötüşmədi. Belə eksperimentlər, magiyanın dayaz yerində özümü təsdiq etmək üçün başqa cəhdlərimlə birlikdə, ona gətirib çıxartdı ki, artıq bir ildən sonra "axtaran tapar" atalar sözünün müdrikliyinə tamamilə əmin oldum.

Ömrümün sonrakı altı ilində mistikaya aid olan hər şeyə skeptisizmlə yanaşdım. Bu mənəvi sürgünlükdə özüm üçün bir neçə vacib nəticə çıxartdım: biz hər hansı həqiqəti onu bütün qəlbimizlə rədd etdikdən son-

7

ra qəbul edirik; öz taleyindən qaçmaq lazım deyil – onsuz da qaça bilməyəcəksən; Allahın cəzası ciddidir, lakin Onun mərhəmətinin də sonu yoxdur.

1981-ci ildə məni əvvəlki yoluma qayıtmağa sövq edən Ustadla görüşdüm. Onun öyüd-nəsihəti ilə risk edib yenidən əlkimyanı öyrənməyə girişdim. Bir dəfə axşam, yorucu telepatiya seansından sonra kimyagərlərin öz fikirlərini niyə mürəkkəb və dağınıq şəkildə ifadə etdiklərini soruşdum.

– Kimyagərlər üç tip olur, – o, cavab verdi. – Bir qrup mövzuya yaxşı bələd olmadığından qeyri-müəyyənliyə can atır. İkinci tipə aid olanlar mövzunu bilirlər, lakin əlkimyanın dilinin ağıla dyini də bilirlər.

– Bəs, üçüncülər? – soruşdum.

– Üçüncülər isə əlkimya haqqında heç nə eşitməyiblər, amma bütün həyatları ilə Fəlsəfə Daşını kəşf etməyi bacarıblar.

Bundan sonra ikinci tipə aid olan Ustadım mənə əlkimyanı öyrətməyi qərara aldı. Tezliklə anladım ki, əlkimyanın məni əsəbləşdirən simvolik dili Dünya Ruhunu, ya-

xud Yunqun "kollektiv şüursuzluq" adlan-
dırdığını dərk etməyin yeganə yoludur.
Mən Öz Yolumu və Allahın Əlamətlərini –
yəni intellektimin onların sadəliyi üzündən
əvvəllər qəbul etmədiyi həqiqətləri kəşf et-
dim. Mən bildim ki, Böyük Yaradılışı dərk
etmək yalnız az sayda seçilmişlərin yox,
Yer üzünün bütün sakinlərinin qarşısında
duran məsələdir. Əlbəttə, həmişə yox. Bö-
yük Yaradılış bizə yumurta və içində maye
olan flakon formasında gəlir, lakin bizim
hər birimiz, buna qətiyyən şübhəniz olma-
sın, Dünyanın Ruhuna qərq olmağa qabilik.

Buna görə də "Kimyagər" simvolik kitab-
dır və onun səhifələrində nəinki bu sahəyə
aid olan biliklərimi izhar edirəm, həm də
Ümumdünya Dilini mənimsəməyi bacar-
mış böyük yazıçıların – Heminqueyin,
Bleykin, Borxesin (o da öz hekayələrinin bi-
rində İran tarixindəki bir epizoddan istifadə
edib), Malba Taqanın haqqını qaytarmağa
çalışıram.

Həddən artıq geniş olan ön sözümü biti-
rir və Ustadımın hansı kimyagərləri üçüncü

9

tipə aid etdiyini izah etmək niyyətiylə onun bir dəfə laboratoriyada mənə danışdığı əhvalatı sizə çatdırıram.

Bir dəfə Müqəddəs Məryəm körpə Məsihi qucağına alaraq rahiblərin yaşadığı monastıra gəlir. Bundan qürurlanan rahiblər sıraya düzülürlər: hər kəs növbə ilə Müqəddəs Ananın yanına gəlib, onun şərəfinə öz məharətini göstərir: biri yazdığı şeri oxuyur, başqa biri Bibliyanı dərindən bildiyini nümayiş etdirir, digəri bütün müqəddəslərin adını əzbərdən sayır. Beləcə, rahib qardaşlar istedadları çərçivəsində Müqəddəs Anaya və körpə İsaya öz bacarıqlarını göstərirlər.

Sonuncu, müti və yoxsul rahib hətta Müqəddəs Kitabdan bir kəlmə də əzbər bilmir. Onun valideynləri savadsızmış, sirkdə çıxış edirmiş və oğlanlarına da yalnız şarlarla hoqqabazılıq etməyi öyrədibmişlər.

Növbə ona çatanda rahiblər mərasimi bitirmək istəyirlər, çünki yoxsul jonqlyor Müqəddəs Anaya heç nə deyə bilməzdi, əksinə, monastırı rüsvay edərdi. Lakin o özün-

də olan nəyisə Müqəddəs Anaya və Körpə-
yə verməyin gərəkli olduğunu bütün qəlbi
ilə hiss edir.

Budur, yoxsul rahib, qardaşlarının tənəli
baxışlarından utana-utana, cibindən bir ne-
çə portağal çıxarır və onları atıb-tutmağa
başlayır. Yəni bacardığı yeganə şey olan
hoqqabazlığını göstərir.

Yalnız bu anlarda körpə Məsihin dodaq-
larına təbəssüm qonur və əllərini bir-birinə
çırpır Və Müqəddəs Ana yoxsul hoqqaba-
zın əllərinə etibar edərək öz oğlunu ona tə-
rəf uzadır.

Böyük Kəşfin sirrini anlayan kimyagər
J.-yə ithaf olunur.

*Onlar yollarına davam edərkən O, bir kəndə
girdi. Burada Marfa adlı qadın Onu öz evinə də-
vət etdi. Onun Məryəm adlı bir bacısı vardı, o,
İsanın ayaqları dibində oturub Onun sözünü
dinləyirdi. Marfa isə işin çoxluğundan çaşmış-
dı və yaxınlaşıb dedi: "Ya Rəbb! Sənin ehti-
yacın yoxdurmi ki, bacım məni tək xidmət et-
məyə buraxıb? Ona de ki, mənə kömək etsin".*

11

İsa isə cavabında dedi: "Marfa! Marfa! Sən çox şeylər üçün üzülüb təlaş edirsən. Fəqət bir şeyə ehtiyac vardır Və Məryəm, ondan alınmayacaq yaxşı payı seçmişdir".

Lukanın İncili,
10; 38-42.

PROLOQ

Kimyagər səyyahlardan birinin gətirdiyi kitabı əlinə aldı. Kitabın üz qabığı yox idi, lakin o, müəllifin adını tapdı – Oskar Uayld – və onu vərəqləyib Narsissin əhvalatına rast gəldi.

Kimyagər günlərlə suda öz əksinə baxıb, öz gözəlliyinə heyran olan qəşəng gənc haqqındakı mifi bilirdi. Axırda bu gənc oğlan çaya düşüb boğulur. Sahildə isə onun xatirəsinə Narsiss adlandırılan çiçək bitir.

Lakin Oskar Uayld bu əhvalatı başqa cür nəql edir.

"Narsiss həlak olanda meşə nimfaları – driadlar – çay suyunun göz yaşından şorlaşdığını gördülər.

13

– Sən nə üçün ağlayırsan? – driadlar çaydan soruşdu.

– Mən Narsissə yas tuturam, – çay cavab verdi.

– Təəccüblü deyil, – driadlar dedi. – Meşədən keçəndə biz həmişə onun dalınca qaçardıq, onun gözəlliyini yaxından görən isə təkcə sənsən.

– Bəs o, gözəl idimi? – bu zaman çay soruşdu.

– Bunu səndən yaxşı kim bilər? – deyə, meşə nimfaları təəccübləndilər. – O, sənin sahilində, sənin sularına baxa-baxa günlərini keçirmədimi?

Çay uzun müddət susdu və nəhayət, cavab verdi:

– Mən Narsissə görə ağlayıram, amma onun gözəl olduğunu heç zaman anlamamışam. Mən ona görə ağlayıram ki, hər dəfə o mənim sahilimə gəlib sularıma baxanda, onun gözlərinin dərinliyində öz gözəlliyimi görürdüm".

"Çox qəribə əhvalatdır" – Kimyagər düşündü.

BİRİNCİ HİSSƏ

Gəncin adı Santyaqo idi. O öz qoyunlarını xaraba qalmış kilsənin yanına gətirəndə hava qaralmağa başlamışdı. Kilsənin qübbəsi çoxdan uçmuşdu, nə vaxtsa cübbəxananın olduğu yerdə isə böyük bir firon ənciri bitmişdi.

O, burada gecələməyi qərara aldı, öz qoyunlarını köhnə qapıdan içəri keçirdi və sürünün çölə çıxmaması üçün taxta parçaları ilə çıxışı bağladı. Ətrafda canavar yox idi, amma bütün gününü azmış qoyunun axtarışına sərf etdiyindən, qoyunların səpələnməsini istəmirdi.

Santyaqo gödəkçəsini döşəməyə sərdi, bu yaxınlarda oxuduğu kitabı başının altına qoyub uzandı. Yuxuya getməzdən əvvəl

17

düşündü ki, daha qalın kitab götürmək lazımdır: həm uzun müddət oxumaq olar, həm də yaxşı yastıq alınar.

O, yuxudan ayılanda hələ qaranlıq idi və kilsənin dağılmış damından göydə parıldayan ulduzları gördü.

"Bir az da yatım" – Santyaqo düşündü. O, keçən həftəki yuxusunu yenə gördü və bu dəfə də yuxusu yarımçıq qaldı.

Ayağa qalxdı, bir udum şərab içdi. Çomağını götürüb yatmış qoyunlarını tərpətdi. Lakin qoyunların çoxu onunla eyni vaxtda yuxudan oyanmışdı, sanki iki il boyunca otardığı qoyunları ilə onun arasında hansısa sirli əlaqə vardı. "Mənə o qədər öyrəşmisiz ki, vərdişlərimi də bilirsiz", – öz-özünə dedi. Bir qədər fikirləşdikdən sonra qərara aldı ki, bəlkə də hər şey əksinədir: o özü qoyunların qaydalarını öyrənib.

Lakin başqa qoyunlar qalxmağa tələsmirdi. Santyaqo çomağının ucu ilə onlara toxundu, hər birini öz adı ilə çağırdı – əmin idi ki, qoyunlar onun dediklərini yaxşı anlayır. Buna görə də bəzən kitabdan xoşladığı yerləri onlara oxuyur, yaxud çoban həyatının tənhalığından, şən keçməməsindən danışır, ya da gəzib-dolaşdığı şəhərlərdə eşitdiyi xəbərləri onlarla bölüşürdü.

Yeri gəlmişkən, Santyaqo son zamanlar yalnız bir şeydən – dörd gün sonra gedəcəyi şəhərdə yaşayan tacirin qızından danışırdı. Bu qızı yalnız bir dəfə, keçən il görmüşdü. Yun alveri edən tacir aldanmamaq üçün qoyunları gözünün qabağında qırxdırmağı xoşlayırdı. Santyaqonun dostlarından biri tacirin dükanını ona göstərmiş və o da qoyunlarını buraya gətirmişdi.

"Yun satmaq istəyirəm", – tacirə dedi.

Dükanda adam çox olduğundan, tacir çobandan nahara qədər gözləməyi xahiş etdi. Santyaqo razılaşdı, küçənin kənarında oturub dağarcığındakı kitabı çıxartdı.

– Düşünmürdüm ki, çobanlar oxumağı bacarırlar, – birdən onun yanında qadın səsi eşidildi.

O, başını qaldırdı və qızı gördü – görkəmcə əsil əndəlüslüyə oxşayırdı: şumal, uzun və qara saçlar; gözləri isə bir zamanlar İspaniyanı fəth etmiş mavrların gözləri kimi idi.

– Çobanlara oxumaq lazım deyil, qoyunlar onlara kitablardan daha çox şey öyrədirlər, – Santyaqo cavab verdi.

Beləcə onlar sözün ucuna söz calayıb iki saat söhbət etdilər. Qız tacirin qızı olduğunu, həyatının darıxdırıcı keçdiyini və günlərinin bir-birindən fərqlənmədiyini söylədi. Santyaqo isə ona Əndəlüs çöllərindən, yolunun üstündə rastlaşdığı böyük şəhərlərdə eşitdiklərindən danışdı. O, həmsöhbətindən razı idi – hər şeyi qoyunlarla danışmaq olmur.

– Sən oxumağı harada öyrənmisən? – qız soruşdu.

– Hamı harada, mən də orada, – gənc oğlan dedi. – Məktəbdə.

– Savadın varsa, niyə qoyun otarırsan?

Santyaqo bu suala cavab verməmək üçün bəhanə gətirdi – əmin idi ki, qız onsuz da onu başa düşməyəcək. Qıza öz səyahətlərindən danışırdı, qızın mavritan gözləri isə təəccübdən gah böyüyür, gah da qıyılırdı. Zaman uçub gedirdi. Santyaqo isə bu günün bitməməsini, alıcıların tacirin başını qatmasını və qoyunların qırxılmasının üç gün yubanmasını istəyirdi. Əvvəllər heç zaman belə hiss yaşamamışdı – burada həmişəlik qalmaq istəyirdi. Bu qarasaçlı qızla günlər bir-birinə oxşamazdı.

Lakin atası gəldi və ona dörd qoyunun qırxılmasını tapşırdı. Pulunu ödəyib, Santyaqonun bir ildən sonra gəlməsini istədi.

Budur, indi təyin olunmuş vaxta cəmi dörd gün qalırdı. O, qarşıdakı görüşə sevinir və eyni zamanda həyəcanlanırdı: birdən qız onu unudar? Axı, sürüsünü onların şəhərinə aparan çoban çoxdur...

– Bu, mühüm deyil, – o öz qoyunlarına dedi. – Mən də başqa şəhərlərdə başqa qızlar görmüşəm.

Lakin qəlbinin dərinliyində etiraf edirdi ki, əksinə, bu, çox mühümdür. Həm çobanların, həm dənizçilərin, həm də kommivoyajerlərin həmişə bir şəhəri var – o qızın yaşadığı şəhər. Bunun xatirinə onlar bütün dünyanı sevinclə gəzib-dolaşmağa hazırdırlar.

Hava tamam işıqlaşdı və Santyaqo qoyun sürüsünü günçıxana sarı apardı. "Qoyunların nə vecinə, – düşündü, – heç nəyi həll etmək lazım deyil. Bəlkə də buna görə onlar mənə tərəf qaçırlar". Ümumiyyətlə heç nə lazım deyil – yalnız su və yem olsun. Əndəlüsdəki ən yaxşı otlaqları tanıdığından, qoyunlar onun ən yaxşı dostları olacaqlar. Qoy, günlər bir-birindən fərqlənməsin, qoy, günəş batanacan zaman sonsuza qədər uzansın, qoy, qısa ömürləri ərzində onlar bircə kitab da oxumasınlar və insanların bir-biri ilə danışdıqları dildən anlamasınlar – su və otları varsa, xoşbəxt olacaqlar. Buna görə onlar insanlarla öz yunlarını, öz cəmiyyətlərini və zaman-zaman öz ətlərini paylaşırlar.

"Mən bu gün vəhşi heyvan olsam və onları bir-bir öldürməyə başlasam, yalnız sürünün çoxunu məhv etdikdən sonra nəsə anlayarlar, – Santyaqo düşündü. – Onlar öz instinktlərindən daha çox mənə etibar edirlər. Yalnız o səbəbdən ki, mən onları su və yem tapacaqları yerə aparıram".

Bu gün başına girən fikirlərdən özü də təəccübləndi. Bəlkə, buna səbəb cübbəxanasında (keşiş cübbələrinin saxlandığı yer) firon ənciri bitən gecələdiyi kilsənin lənətlənməsidir? Əvvəlcə, bir dəfə gördüyü yuxunu yenə gördü, indi isə budur, sadiq yol yol-daşlarına qəzəblənib.

Şam yeməyindən qalmış şərabdan qur-tumladı, gödəkçəsini düymələdi. O bilirdi ki, bir neçə saatdan sonra, günəş zenitə qal-xanda bərk isti düşəcək və qoyunları çöllük-dən aparmaq olmayacaq. Bu saatlarda bü-tün İspaniya yatır. İsti yalnız axşam tərəfi azalacaq və bu vaxta qədər ağır gödəkçəsini çiynində daşımalı olacaq. Həmişəki kimi şi-kayət etməyə hazırlaşanda, səhərin soyu-ğundan onu məhz gödəkçəsinin qoruduğu-nu xatırlayacaq.

"Havanın sürprizlərinə hazır olmaq la-zımdır", – Santyaqo öz gödəkçəsinə minnət-darlıq hiss edərək düşündü.

Beləcə gödəkçənin də, iki il Əndəlüsun təpələrində, düzlərində dolaşmış və bu vila-yətin bütün şəhərlərini gəzmiş sahibi kimi, mənası və məqsədi vardı. Santyaqo bu dəfə mahudçunun qızına sadə çobanın necə sa-vadlı olmasını izah etmək istəyirdi. İş onda idi ki, on altı yaşına qədər o, seminariyada oxumuşdu. Valideynləri onun ruhani olma-sını arzulayırdılar. Qarınlarını doyurmaq

23

üçün işləyən sadə kəndlilər öz oğulları ilə fəxr etmək istəyirdilər. Santyaqo ilahiyyatı, latın və ispan dillərini öyrənirdi. Lakin uşaqlıqdan dünyanı dərk etməyə olan həvəsi Allahı dərk etməyə, yaxud insan günahlarını öyrənməyə olan səylərini üstələyirdi. Bir dəfə valideynlərinin yanına gələrək, cəsarətini toplayıb ruhani olmaq istəmədiyini dedi. Səyahət etmək istəyirdi.

– Mənim oğlum, – atası ona dedi, – bu kənddən dünyanın hər tərəfindən olan insanlar gəlib keçib. Onlar yeni bir şey axtarsalar da özləri köhnə olaraq qalmışdılar; təpədəki qalaya yaxınlaşır və anlayırdılar ki, keçmiş indidən yaxşıdır. Onların sarışın saçları, yaxud qara dəriləri ola bilərdi, lakin bizim kəndlilərdən heç nə ilə fərqlənmirdilər.

– Amma mən onların gəldiyi yerlərdə hansı qalaların olduğunu bilmirəm, – Santyaqo cavab verdi.

– Bu insanlar bizim düzlərə, bizim qadınlara baxanda, burada həmişəlik qalmaq istədiklərini deyirdilər, – atası davam etdi.

– Mən isə başqa düzləri, başqa qadınları görmək istəyirəm. Axı, bu insanlar da heç zaman bizdə qalmırlar.

24

– Səyahət üçün çoxlu pul lazımdır. Bizim kimilərin arasında isə bir yerdə oturmayan yalnız çobanlardır.

– Neynək, mən çoban olaram, – Santyaqo dedi.

Ata cavab vermədi, ertəsi gün səhər içində üç qədim qızıl olan pul kisəsini ona verdi:

– Çöldən tapmışdım. Hesab et ki, göydən düşüb. Özünə qoyun sürüsü al və bizim qalanın baş qala, qadınlarımızın ən gözəl olduğunu anlayana qədər dünyanı gəz-dolaş.

Oğluna xeyir-dua verdi. Santyaqo isə atasının gözlərindən, yaşının keçməsinə, oturaq həyatın nemətləri ilə – yemək, içmək və başının üstündəki damla özünə təsəlli verməsinə baxmayaraq, onun da səyahət etmək istədiyini anladı.

Üfüqdə səma qızarmağa başlamışdı, az sonra günəş göründü. Santyqo atası ilə söhbəti xatırlayıb sevindi: o, artıq çoxlu qala və gözəl qız görmüşdü, onlardan heç biri iki gün sonra görüşəcəyi qızla müqayisə oluna bilməzdi. Onun gödəkçəsi, kitabı, istənilən vaxt nəyəsə dəyişə biləcəyi qoyun sürüsü

25

var. Lakin ən əsası arzusu yerinə yetmişdir: o, səyahət edir. Əndəlüsun çölləri onu darıxdırsa, qoyunlarını satıb, dənizçi olar. Üzmək onu bezdirənə qədər başqa şəhərləri və qadınları görər, xoşbəxt olmağın başqa üsullarını öyrənər.

"Seminariyada Allahı necə axtardıqlarını bilmirəm", – çıxmaqda olan günəşə baxaraq düşündü. Santyaqo həmişə yeni yol tapmağa cəhd etmişdi. Bu tərəflərdə tez-tez olmasına baxmayaraq, xaraba kilsədə bir dəfə də olsun gecələməmişdi. Dünya böyük və tükənməzdir: qoy, qoyunlar onu aparsın – mütləq maraqlı bir şeyə rast gələcək. "Məsələ ondadır ki, onlar hər gün yeni yol açdıqlarını, otlaqların və ilin fəsillərinin dəyişildiyini anlamırlar – yalnız yemək və içməklə məşğuldurlar".

"Bəlkə, biz də beləyik, – çoban düşündü. – Axı, mən də mahudçunun qızı ilə tanış olduqdan sonra bir dəfə də olsun başqa qadın haqqında düşünməmişəm".

Səmaya baxdı və nahara qədər Tarifə çatacağını anladı. Orada öz kitabını başqa qalın kitabla dəyişər, qabını şərabla doldurar, saçını və üzünü qırxdırar. Mahudçunun qızı ilə görüşə hazırlaşmaq lazımdır. Hansısa başqa bir çobanın onu qabaqlayıb, qızla görüşə biləcəyi haqqında düşünmək istəmədi.

"Həyat ona görə maraqlıdır ki, yuxular çin çıxır", – Santyaqo səmaya baxa-baxa və addımlarını yeyinlədə-yeyinlədə düşündü. O, Tarifdə yuxuları yoza bilən qoca bir qarının yaşadığını xatırladı. Qoy, ikinci dəfə gördüyü yuxunun mənasını ona desin.

Qarı öz qonağını müxtəlif rəngli qaytanlardan düzəlmiş pərdə ilə yemək otağından ayrılan arxa otağa apardı. Otaqda stol və iki stul vardı, divardan isə Məsihin Ürəyi rəsmi asılmışdı.

Qarı özü oturdu, Santyaqonu da əyləşdirdi, sonra onun hər iki əlini əlinə alıb, alçaq səslə dua oxudu.

Deyəsən, qaraçı duası idi. Çoban qaraçılara çox rast gəlmişdi – onlar qoyun otarmasalar da, dünyanı gəzib-dolaşırdılar. Adamlar deyirdilər ki, onlar yalanla yaşayırlar, ruhlarını şeytana satmışlar, uşaqları oğurlayırlar. Sonra bu uşaqlar onların taborunda köləyə çevrilirlər. Santyaqo uşaqlıqda özü də qaraçılar tərəfindən oğurlanacağından qorxmuşdu və indi, qarı onun əllərini əlinə aldıqda, bu qorxu yenidən baş qaldırdı.

"Amma burada müqəddəs Məsih Ürəyi var", – sakitləşməyə çalışaraq düşündü. İstəmirdi ki, qarı onun qorxduğunu görsün. Özözünə dedi: "Ey, atamız!".

– Çox maraqlıdır, – qarı gözlərini onun əl cizgilərindən ayırmadan dedi və yenə susdu.

Gənc oğlan daha da narahat oldu. Titrəyən əllərini tez geri çəkdi.

– Ona görə gəlməmişəm ki, əllərimlə fala baxasan, – o bu evə ayaq basdığına peşman olaraq dedi: pulunu verib buradan tez uzaqlaşmaq daha yaxşı olmazmı?

Amma öz yuxusuna böyük əhəmiyyət verirdi.

– Bilirəm. Gəlmisən ki, yuxunu yozum, – qaraçı qadın cavab verdi. – Yuxular – Allahın bizimlə danışdığı dildir. Bu, dünya dillərindən biri olsa, onu yoza bilərəm. Amma Allah sənin qəlbinin dili ilə sənə müraciət edirsə, bu yalnız sənə aydın olar. Lakin onsuz da məsləhətə görə səndən pul alacağam.

"Bir buna bax", – gənc düşündü, amma risk etməyi qərara aldı. Çoban həmişə risk edir: gah onun sürüsünə canavarlar hücum edir, gah da quraqlığa rast gəlir. Onun həyatının gözəlliyini elə risk təşkil edir.

– Eynu yuxunu mən iki dəfə görmüşəm, – dedi. – Görürəm ki, mən qoyunlarımı çəmənlikdə otarıram və bu zaman bir uşaq onlara yaxınlaşıb oynamaq istəyir. Yad adamların sürüyə yaxınlaşmasını xoşlamıram – qoyunlarım onlardan qorxur. Onlar yalnız uşaqlardan qorxmurlar. Səbəbini bilmirəm. Başa düşmürəm ki, qoyunlar yaşı necə müəyyən edirlər.

– Ardını danış, – qarı onun sözünü kəsdi.

– Qazanı odun üstünə qoymuşam. Pulun azdır, mənim vaxtım isə bahadır.

– Uşaq qoyunlarla oynayırdı, – Santyaqo utana-utana davam etdi, – sonra, birdən mənim əlimdən tutub Misir piramidalarının yanına gətirdi. – Sözünə ara verib qaraçı qadının bunun nə demək olduğunu anlayıb-anlamamasını öyrənmək istədi. Lakin o susurdu. – Misir piramidalarının yanına, – yavaş-yavaş bir də təkrar etdi, – və burada mə-

29

nə dedi: "Əgər bura bir də gəlsən, gizlədilmiş xəzinəni axtararsan". o mənə bu xəzinənin gizlədildiyi yeri göstərmək istəyirdi ki, yuxudan ayıldım. Bu yuxunu eyni ilə iki dəfə görmüşəm.

Qarı uzun müddət susdu, sonra yenə Santyaqonun əllərini əlinə alıb, ovcuna baxdı.

– Mən indi səndən pul almayacağam, – nəhayət, dilləndi. – Amma xəzinəni tapsan, onda bir hissəsi mənimdir.

Gənc sevincindən güldü – onun yuxusuna girmiş xəzinə, qəpik-quruşunun cibində qalmasına kömək etmişdi. Qarı, doğrudan da əsil qaraçıdır: deyirlər, qaraçılar kütbaşdırlar.

– Mənim yuxumu yoz, – o, xahiş etdi.

– Əvvəlcə and iç. And içsən ki, xəzinənin onda bir hissəsini mənə verəcəksən, yozaram.

Santyaqo and içdi. Lakin qarı ondan üzünü Məsihin Müqəddəs Ürəyinin təsvirinə tərəf çevirərək andını təkrarlamağı tələb etdi.

– Bu yuxu Ümumi Dildədir, – qarı dedi. – Mən çətin də olsa, onu yozmağa çalışacağam. Bu zəhmətimə görə də səndən xəzinənin onda bir hissəsini istəyirəm. Qulaq as: sən Misir piramidalarının yanına getməlisən. Mən özüm onlar haqqında heç nə eşitməmişəm, amma uşaq onları sənə göstərmişsə, deməli, onlar doğrudan da mövcuddur. Ora get, xəzinəni orada tapıb varlanacaqsan.

Santyaqo əvvəlcə təəccübləndi, sonra qəmgin oldu. Boş şeyə görə qarını axtarmağa dəyməzdi. Yaxşı ki, qarı ondan pul götürmədi.

– Yalnız vaxtımı itirdim, – dedi.

– Axı, mən xəbərdarlıq etmişdim: sənin yuxunu yozmaq çətindir. Qeyri-adi şey görkəmcə sadə olur və yalnız müdrik insanın onu anlamağa gücü çatar. Mən müdrik deyiləm, ona görə də başqa peşələri, məsələn, ələ baxmaq üsulu ilə taleyi görməyi öyrənmişəm.

– Bəs, mən Misirə necə gedim?

– Bu mənim məsələm deyil. Mən yalnız yuxuları yozmağı bacarıram, onları həyata

keçirməyi yox. Yoxsa mən qızlarımın sayə-
sində yaşayardımmı?!

– Bəs, Misirə gedib çıxmasam?

– Çıxa bilməsən – yuxunu yozmağımın
haqqını ala bilməyəcəyəm. Birinci dəfə de-
yil. İndi isə get, mən onsuz da sənə çox vaxt
sərf etdim.

Santyaqo bərk məyusluq içində qaraçının
evindən çıxdı və bir daha yuxulara inanma-
yacağını qərara aldı. İşlə məşğul olmağın
vaxtı çatdığını xatırladı: dükana gedib ye-
mək aldı, kitabını başqa, qalın kitabla dəyiş-
di və meydandakı skamyada oturub yeni
şərabın dadına baxdı. Hava isti idi və şərab
Santyaqonu möcüzəli şəkildə sərinləşdirdi.
O öz qoyunlarını şəhərin kənarında, təzə
dostunun pəyəsində saxlamışdı. Santyaqo-
nun hər yerdə dostları vardı, – buna görə
də səyahət etməyi sevirdi. Yeni dost tapmaq
– onunla hər gün görüşmək zərurətini gətir-
məz. Ətrafında eyni insanlar varsa – semi-
nariyada olduğu kimi, – onda belə çıxır ki,
onlar artıq sənin həyatına daxil olmuşlar.
Bir müddətdən sonra isə onlar sənin həyatı-
nı dəyişmək istəyəcəklər. Əgər sən onların

istədikləri kimi olmasan, inciyərlər. Axı, hər kəs dünyada necə yaşamağı dəqiq bilir.

Amma heç kim öz şəxsi həyatını nədənsə nizama sala bilmir – qaraçı qarı kimi: yuxuları yozmağı bacarır, amma onları həyata keçirməyi yox.

Santyaqo qoyunları otlağa buraxmaq üçün gün əyilənə qədər gözləməyi qərara aldı. Üç gündən sonra mahudçunun qızı ilə görüşəcəkdi.

Hələlik isə yerli ruhani ilə dəyişdiyi yeni kitabı götürdü. Kitab qalın idi və ilk səhifədəcə kiminsə dəfni təsvir olunurdu; üstəlik, qəhrəmanların adı o qədər çətin idi ki, onları tələffüz etməyə adamın dili dönmürdü. "Əgər mən nə vaxtsa kitab yazsam, – gənc düşündü, – hər bir səhifəmdə yeni qəhrəman olacaq ki, oxucuya onların adını yadda saxlamaq lazım gəlməsin".

Oxumağa başladı və mərhumun qarda basdırılması səhnəsinə çatanda – yandırıcı isti olmasına baxmayaraq, Santyaqonun özünü də titrəmə tutdu – tanımadığı qoca bir kişi onun yanında oturdu.

– Onlar nə edirlər? – qoca meydandakı adamları göstərib soruşdu.

– İşləyirlər, – gənc quruca cavab verdi, başının kitaba qarışdığını göstərmək istəyirdi.

Əslində isə mahudçu qızının qarşısında dörd qoyunu necə qırxacağını düşünürdü. Santyaqo tez-tez bu səhnəni təsəvvür edir və hər dəfə də fikrində, təəccüblənmiş qıza qoyunları quyruqdan başa tərəf qırxmağın lazım olduğunu izah edirdi. Üstəlik qırxım zamanı qızı əyləndirmək üçün danışacağı müxtəlif maraqlı hadisələri götür-qoy edirdi. Bu əhvalatları kitabdan oxumuşdu, lakin qıza, bunların öz başına gəldiyini deyəcəkdi. Qız bu yalanı heç vaxt ifşa edə bilməzdi, çünki oxumağı bacarmırdı.

Qoca inadkar çıxdı. O, yorulduğunu və şərabdan bir qurtum içmək istədiyini dedi. Santyaqo qocadan canını qurtarmaq üçün şərab qabını ona uzatdı.

Yox, qoca əl çəkən deyildi – söhbət etmək istəyirdi. Gəncin hansı kitabı oxuduğunu soruşdu. Santyaqo yerini başqa skamyaya dəyişmək istəyirdi, amma atası ona qocalarla həmişə nəzakətli davranmağı öyrətmişdi. Ona görə heç nə demədi, sakitcə kitabı qocaya uzatdı: Bunun iki səbəbi vardı. Birincisi, kitabın adını necə düzgün tələffüz etməyi özü də bilmirdi. İkincisi, əgər qoca savadsızdırsa, özünü alçaltmamaq üçün ondan əl çəkəcəkdi.

– Hm... – qoca kitabı birinci dəfə görürmüş kimi hər tərəfinə baxıb dedi. – Yaxşı kitabdır, vacib şeylərdən bəhs edir, amma çox darıxdırıcıdır.

Santyaqo təəccübləndi: deyəsən, qoca nəinki oxumağı bacarır, hətta bu kitabı oxuyub da. Neynək, kitab doğrudan da darıxdırıcıdırsa, onu başqası ilə dəyişər.

– Demək olar ki, bütün kitablar nə haqqında yazılmışsa, bu da onlardan bəhs edir, – qoca sözünə davam etdi. – İnsanların öz talelərini seçmək gücündə olmaması haqqındadır. Kitab, hamının dünyada ən böyük yalana inanmasına çalışır.

– Bəs, dünyada ən böyük yalan nədir? – Santyaqo təəccüblə soruşdu.

– Bu yalan belədir: varlığımızın hansısa anında biz öz həyatımıza nəzarəti itiririk və bundan sonra həyatımızı tale idarə edir. Bundan böyük yalan yoxdur.

– Məndə belə olmayıb, – Santyaqo dedi. – Məni ruhani etmək istəyirdilər, çoban oldum.

– Belə yaxşıdır, – qoca razılaşdı. – Axı, sən səyahət etməyi sevirsən.

"O, sanki mənim fikirlərimi oxuyur" – gənc düşündü.

Qoca isə qalın kitabı vərəqləyir və deyəsən, onu qaytarmağa hazırlaşmırdı. Yalnız indi Santyaqo gördü ki, o, ərəb əbası geyinib. Burada təəccüblü bir şey yox idi: Tarifi Afrika sahillərindən bir neçə saatlıq dar boğaz ayırırdı. Ərəblər şəhərdə tez-tez görünürdü – nəsə alırdılar və gündə bir neçə dəfə öz qəribə ibadətlərini yerinə yetirirdilər.

– Siz hardansınız?

– Hər yerdən.

– Belə olmur, – gənc etiraz etdi. – Heç kim hər yerdən ola bilməz. Məsələn, mən çobanam, bütün dünyanı gəzib-dolaşıram, lakin mən qədim qala olan şəhərdənəm, oraların övladıyam, orada doğulmuşam.

– Bunu soruşursansa, mən də Salimdə doğulmuşam.

Santyaqo Salimin harada yerləşdiyini bilmirdi, amma öz cahilliyini göstərib rüsvay olmamaq üçün soruşmadı. O, qayğılı halda vurnuxan adamlarla dolu meydana baxdı.

– Hə, Salimdə vəziyyət necədir?

– Həmişə olduğu kimi.

Yapışmağa bir söz yox idi. Yalnız bir şey aydın idi ki, bu şəhər Əndəlüsdə deyil, yoxsa onun haqqında eşidərdi.

– Bəs, nə işlə məşğulsunuz?

– Nə işlə məşğulam? – qoca qəhqəhə ilə güldü. – Mən onları idarə edirəm. Mən – Salimin şahıyam.

"İnsanlar bəzən nə mənasız şeylər danışırlar, – gənc düşündü. – Yalnız yeyib-içməyi bilən dilsiz qoyunlarla ünsiyyətdə olmaq daha yaxşıdır. Ya da kitab oxumaq – onlar maraqlı əhvalatları məhz sən istədiyin vaxtda danışır. Amma insanlar: onlar nəsə goplayır, sənsə oturub buna nə deyəcəyini, söhbəti necə davam etdirəcəyini bilmirsən".

– Mənim adım Melhisedekdir, – qoca dilləndi. – Sənin nə qədər qoyunun var?

– Kifayət qədər, – Santyaqo cavab verdi: qoca onun həyatı haqqında çox şey bilmək istəyirdi.

37

– Deməli belə? Kifayət qədər qoyunun varsa, sənə kömək edə bilmərəm.

Gənc oğlan əsəbiləşdi. O, kömək istəməmişdi. Qoca özü əvvəlcə şərab, sonra kitab, daha sonra söhbət etmək istəmişdi.

– Kitabı qaytarın, – o dedi. – Mən getməliyəm.

– Sürünün onda bir hissəsini mənə versən, xəzinəyə gedən yolu sənə öyrədərəm.

Santyaqo yenə yuxusunu xatırladı və birdən hər şey ona aydın oldu. Qaraçı qarı ondan pul götürməmişdi, bəlkə, bu qoca onun əridir – saxta məlumatların əvəzinə ondan daha çox pul qopartmaq istəyirlər. Yəqin ki, bu qoca da qaraçıdır.

Santyaqo bir söz deyənə kimi qoca yerdən çubuq götürüb qumda nəsə çızdı. O, aşağı əyiləndə sinəsində nəsə parıldadı. Lakin qoca yaşına uymayacaq cəldliklə paltarını sinəsinə doğru çəkdi və parıltı yoxa çıxdı. Gənc qumun üzərində nə yazıldığını anlamışdı.

Kiçik şəhərin baş meydanını örtən qumun üzərində ata və anasının adını, bu zamana qədər olan həyat tarixçəsini – uşaqlıqda oynadığı oyunları və soyuq seminariya gecələrini oxudu; mahudçunun qızının adını oxudu – halbuki onun adını bilmirdi; heç zaman heç kimə danışmadığı hadisələri – atasından xəbərsiz tüfəngi götürüb maral ovuna çıxdığını, həyatında ilk və son dəfə qadınla yatdığını oxudu.

"Mən Salimin şahıyam" – sözünü xatırladı.

– Şah nə üçün çobanla söhbət edir? – Santyaqo təəccüblə və çəkinə-çəkinə soruşdu.

– Bunun bir neçə səbəbi var, amma ən əsası odur ki, sən Öz Yolunla getməyə qabilsən.

Bu yolun nə olduğunu gənc bilmirdi.

– Bu, sənin həmişə etmək istədiklərindir. Gənclik çağına qədəm qoyan hər bir insan Öz Yolunun necə olduğunu bilir. Bu illərdə hər şey aydındır, hər şey mümkündür, hər şeyə gücün çatır və insanlar həyatda etmək istədiklərini arzulamaqdan qorxmurlar. Lakin zaman keçdikcə, hansısa sirli qüvvələr işə qarışaraq Öz Yolunla getməyin mümkün olmadığını isbatlamağa çalışır.

Qocanın sözləri Santayoqaya o qədər də təsir etmədi, lakin "sirli qüvvələr" onu maraqlandırdı – mahudçunun qızı bu haqda eşidəndə ağzı açıq qalacaq.

– Bu qüvvələr yalnız ilk baxışdan zərərlidir, əslində isə onlar sənə Öz Yolunu necə tapmağı öyrədir. Onlar sənin ruhunu möhkəmlədir, iradəni bərkidir, zira bizim dünyamızda bir böyük həqiqət var: sən kim olursansa ol, nə istəyirsənsə istə, əgər nəyisə bərk istəyirsənsə, mütləq əldə edəcəksən, çünki bu arzu Kainatın Ruhunda doğulmuşdur. Bu, sənin Yer üzündəki vəzifəndir.

– Hətta yalnız dünyanı gəzib-dolaşmaq, yaxud mahudçunun qızı ilə evlənmək istəsəm də?

– Yaxud xəzinəni axtarmaq. Dünyanın Ruhu insanın xoşbəxtliyi ilə qidalanır. Xoşbəxtliklə, həmçinin kədərlə, paxıllıqla, qısqanclıqla... İnsanın yeganə borcu var: Öz Yolu ilə sonuna qədər getmək. Hər şey bundadır və xatırla ki, nə vaxtsa nəsə istəsən, bütün Kainat sənin arzunun həyata keçməsinə kömək edəcək.

Onlar bir müddət susaraq meydana və adamlara baxdılar. Sükutu qoca pozdu:

– Sən niyə qoyun otarmağı qərara aldın?

– Çünki dünyanı gəzib-dolaşmağı sevirəm.

Qoca meydanın küncündə qırmızı arabası ilə dayanmış qarğıdalı alverçisini göstərdi.

– Uşaqlıqda o da səyahət etməyi arzulayırdı. Lakin sonra qarğıdalı ilə alver etməyə üstünlük verib pul yığmağa başladı. Qocalanda bir aylığa Afrikaya gedəcək. O anlamır ki, insan həmişə öz arzusunu həyata keçirə bilər.

– Çobanlıq etsəydi, daha yaxşı olardı, – Santyaqo dedi.

– O, bu haqda düşünmüşdü. Lakin sonra qərara aldı ki, ticarətlə məşğul olsa yaxşıdır. Alverçilərin başının üstündə dam var, çobanlar isə açıq səmada gecələyir. Tacirlərə qız verirlər, çobanlara isə yox.

Mahudçunun qızını düşünən Santyaqo ürəyinin sancdığını hiss etdi. Yəqin ki, onun yaşadığı şəhərdə də qırmızı arabalı alverçi var.

– Deməli, belə çıxır ki, insanların çobanlar və qarğıdalı alverçiləri haqqında fikirləri Öz Yolundan daha vacibdir.

Qoca kitabı vərəqlədi və başı oxumağa qarışdı. Santyaqo bir az gözlədi, sonra onu kitabdan ayırmaq qərarına gəldi:

– Bəs, siz nə üçün mənə bu barədə danışırsınız?

– Çünki sən Öz Yolunla getməyə cəhd etmisən, ancaq indi bundan imtina etməyə hazırsan.

– Siz həmişə belə anlarda peyda olursunuz?

– Həmişə. Amma özümü başqa cür də təqdim edə bilərəm. Mən beyinlərə düşən uğurlu fikir, yaxud düzgün qərar kimi də gəlməyə qabiləm, həlledici anda çətin vəziyyətdən çıxış yolunu da göstərə bilirəm. Hər şeyi yadda saxlamaq olmur. Lakin adətən insanlar mənim gəlişimi sezmir.

Və qoca keçən həftə bir nəfərin qarşısına daş şəklində çıxmağa məcbur qaldığından danışdı. Bu adam nə vaxtsa hər şeyi atıb, zümrüd toplamağa yollanmışdı. O, beş il çayın sahilində çalışdı və heç olmasa bircə dənə zümrüd tapmaq üçün 9 999 999 daş parçaladı. Və ümidsizliyə düşüb öz arzusundan imtina etdi, amma onun cəmisi – BİRCƏ DAŞI qalmışdı – bunu da parçalasaydı, öz zümrüdünü tapacaqdı. Bu zaman qoca işə qarışmağı və ÖZ YOLU ilə inadkarcasına irəliləyən qızılaxtarana kömək etməyi qərara aldı. Daşa çevrilib onun ayaqları altına diyirləndi, lakin beş il boyunca nəticə verməyən səylərindən ümidsizliyə düşən və hirslənən qızılaxtaran daşı təpiklə vurub uzaqlaşdırdı. Amma elə zərblə vurdu ki, daş uçaraq başqa daşa dəyib parçalandı və dünyada ən gözəl zümrüd parıldamağa başladı.

– İnsanlar həyatlarının mənasının nədə oluğunu çox tez öyrənirlər, – qoca dedi və Santyaqo onun gözlərində kədər gördü. – Bəlkə də buna görə onlar tez də bu mənadan imtina edirlər. Dünya belə qurulub.

Bu zaman gənc, qoca ilə söhbətinin xəzinədən başladığını xatırladı.

– Xəzinə yer səthinə çayların və bulaqların köməyi ilə çıxır, elə onlar da xəzinəni yerin təkində gizlədirlər, – qoca dedi. – Amma

bu xəzinə haqqında daha ətraflı bilmək istə-
yirsənsə, sürünün onda birini mənə ver.

– Bəlkə, xəzinənin onda birini versəm
yaxşıdır?

– Əgər əlində olmayan şeyi vəd edirsən-
sə, onda əldə etmək arzunu itirərsən, – qoca
məyus-məyus dedi.

Santyaqo xəzinənin onda birini qaraçı qa-
rıya vəd etdiyini səylədi.

– Qaraçılar fərasətli insanlardır, – qoca ah
çəkdi. – Lakin necə olursa, olsun, dünyada
hər şeyin dəyərini bilməyin xeyri var. İşıq
Savaşçıları məhz bunu öyrətməyə çalışırlar,
– o, kitabı Santyaqoya uzatdı. – Sabah bu
vaxtı qoyunlarının onda birini mənə gətirər-
sən. Mən isə sənə xəzinəni necə tapmağı da-
nışaram. Hələlik.

Beləliklə, o, gözdən itdi.

Santyaqo yenə kitabı götürdü, amma
oxuya bilmədi, diqqətini heç cür cəmləyə
bilmirdi. O, qoca ilə söhbətindən həyəcan-
lanmışdı, çünki onun doğru dediyini bilirdi.
Qoca ilə söhbətini alverçiyə danışıb-danış-
mamağı götür-qoy edə-edə qarğıdalı paketi
aldı və danışmamağı qərara aldı. "Bəzən hər

44

şeyi olduğu kimi saxlamaq yaxşıdır", – düşündü və susdu. Söyləyəcəksən – öz qırmızı arabasına öyrəşmiş alverçi üç gün hər şeyi atmaq haqqında fikirləşəcək.

"Onu düşünmək əzabından qurtarım". Santyaqo küçələrlə addımlayıb limana gəlib çıxdı, kiçik pəncərəsi olan köşkün qarşısında dayandı. Burada gəmiyə bilet satılırdı. Misir Afrikada yerləşirdi.

– Sizə nə lazımdır? – kassir soruşdu.

– Ola bilsin ki, sabah sizdən bilet aldım, – Santyaqo cavab verdi və uzaqlaşdı.

Cəmi bir qoyun satmaqla boğazı keçmək olar. Bu fikir onu təşvişə saldı. Kassir isə öz köməkçisinə dedi:

– Daha bir xəyalpərvər. Səyahətə çıxmaq istəyir, amma cibində siçanlar oynayır.

Santyaqo kassanın qarşısında dayandığı zaman qoyunlarını xatırladı və birdən sürətlə onların yanına qayıtmağa başladı. İki il idi ki, çobanlıq məharətinə yiyələnmişdi və bu peşədə kamilliyə çatmışdı – həm qoyunları qırxmağı bacarır, həm quzuların dünyaya gəlməsinə kömək edir, həm də onları canavarlardan qoruyurdu. Əndəlüsün bütün

otlaqlarını beş barmağı kimi tanıyır və han-
sının neçəyə alınıb-satılacağını dəqiq bilirdi.

Sürüsünü yerləşdirdiyi pəyəyə ən uzun
yolla getməyi qərara aldı. Bu şəhərin də öz
qalası var idi və Santyaqo yoxuşu qalxıb qa-
la divarında oturmaq istədi. Buradan Afrika
görünürdü. Kimsə ona demişdi ki, oradan
qədim zamanlarda mavrlar gəlib, uzun
müddət az qala bütün İspaniyanı fəth etmiş-
dilər. Santyaqonun mavrlardan zəhləsi ge-
dirdi: bəlkə də, qaraçıları onlar buraya gəti-
riblər.

Divarın üstündən bütün şəhər – qoca ilə
söhbət etdiyi meydan da – ovcunun içi kimi
görünürdü.

"Lənətə gəlsin onunla görüşdüyüm o an",
– Santyaqo düşündü. Ona yalnız qaraçı qa-
rının yuxusunu yozması lazım idi. Nə qarı,
nə də qoca onun çoban olduğuna heç bir
əhəmiyyət verməmişdi. Düzdür, bu insan-
lar tənhadırlar və hər şeyə inamlarını itirib-
lər, çobanların bütün qəlbi ilə öz qoyunları-
na bağlı olduqlarını anlamırlar. Santyaqo
isə hər biri haqqında hər şeyi təfərrüatı ilə
bilirdi: bu – qısırdır, bu, iki gündən sonra

doğacaq, bunlar isə ən tənbəlləridir. Santya-
qo onları həm qırxa, həm də kəsə bilirdi.
Əgər getsə, qoyunlar onsuz darıxar.

Külək qalxmışdı. Santyaqo insanların bu
küləyi "levantin" adlandırdığını bilirdi, zira,
Şərqdən, onun əsdiyi yerdən bütpərəst dəs-
tələri hücum etmişdi. Gənc oğlan Tarifdə ol-
mayana qədər Afrika sahillərinin belə yaxın
olduğunu bilmirdi. Təhlükəli qonşuluqdur
– mavrlar yenidən gələ bilərlər.

Külək güclənirdi. "Qoyunlarla xəzinə ara-
sında bölünməyəcəm ki" – Santyaqo fikir-
ləşdi. Onu cəzb edənlə vərdiş etdiyinin tən
ortasını seçmək lazımdır. Axı, hələ mahud-
çunun qızı da var, amma qoyunlar daha va-
cibdir, çünki qoyunlar ondan asılıdır, qız isə
– yox. Bir də ki, qız onu xatırlayırmı? Əmin
idi ki, iki gündən sonra qızın yanına getmə-
sə, qız bunun fərqinə varmayacaq. Bir-biri-
nə oxşar günlər keçirən insanlar həyatların-
da baş verən yaxşı şeyləri sezə bilmir.

"Atamı, anamı və doğma kəndimdəki qa-
lanı buraxdım, – düşündü. – Onlar ayrılığa
öyrəşdilər, mən də öyrəşdim. Deməli, mə-
nim yoxluğuma qoyunlar da öyrəşməlidir".

Yenə də hündürlükdən meydana baxdı. Qabarıq qarğıdalı alveri yaxşı gedirdi; onun qoca ilə oturduğu skamyada indi oğlanla qız öpüşürdü.

"Alverçi..." – Santyaqo düşündü, amma fikrini tamamlaya bilmədi – "levantin" küləyi qüvvətlə onun sifətinə çırpıldı. Külək fateh mavrların yelkənlərini qaldırmaqla yanaşı, qəlbi həyəcana salan qoxuları da özü ilə qovub gətirmişdi: səhraların, örtük altındakı qadınların, qızıl və macəra axtarışına çıxanların arzularının, tərlərinin qoxusunu. O, piramidaların da qoxusunu gətirmişdi. Gəncin azad küləyə paxıllığı tutdu və ona oxşaya biləcəyini hiss etdi: yolunu heç kim kəsməmişdi, yalnız özündən başqa. Qoyunlar, mahudçunun qızı, Əndəlüsün çölləri – bütün bunlar Öz Yoluna yaxınlaşmaq üçün hazırlıqlar idi.

Ertəsi gün günorta vaxtı meydana gəldi və özü ilə altı qoyun da gətirdi.

– Təəccüblü işdir, – dedi. – Dostum dərhal mənim bütün qoyunlarımı aldı və həyatı boyu çoban olmağı arzuladığını dedi. Bu, xeyirli əlamətdir.

– Həmişə belə olur, – qoca cavab verdi. – Bu, Yaxşı Başlanğıcdır. Bax, əgər ömründə ilk dəfə kart oynamağa otursaydın, yəqin ki, mütləq udardın. Naşıların bəxti gətirir.

– Bəs, niyə belə olur?

– Çünki, həyat sənin Öz Yolunla getməyini istəyir.

Sonra qoca qoyunlara baxmağa başladı və onların içində bir qısır qoyun gördü. Santyaqo, buna əhəmiyyət verməməyi və onun ən ağıllı, ən çox yun verən qoyun olduğunu dedi:

– Hə, xəzinəni harada axtarmaq lazımdır?

– Misirdə, piramidaların yanında.

Santyaqo özünü itirdi. Bunu ona qaraçı qarı da demişdi, amma buna görə ondan heç nə almamışdı.

– Allahın bu dünyada hər kəsin yoluna qoyduğu əlamətlərə görə, yolu tapacaqsan. Yalnız sənin üçün nə yazıldığını oxumağı bacarmaq lazımdır.

Santyaqo cavab verməyə hazırlaşırdı ki, onunla qoca arasında kəpənək uçdu. Uşaqlıqda babasından kəpənəyin uğur gətirdiyini eşitmişdi. Süsəylərin, kərtənkələlərin, dörd yarpaqlı yoncanın da xeyirli əlamətlər olduğunu bilirdi.

– Məhz elədir, – onun fikirlərini asanlıqla oxuyan qoca dedi. – Hər şey babanın dediyi kimidir. Bu əlamətlərin sayəsində yolundan azmayacaqsan.

O bu sözləri deyib paltarını açdı və sinəsini göstərdi. Heyrətlənmiş Santyaqo dünən bu parıltını gördüyünü xatırladı. Təəccüblü deyil – qoca bahalı daşlarla bəzədilmiş tökmə qızıldan sinəbənd geymişdi. O, həqiqətən də şah idi, libasını ona görə dəyişmişdi ki, quldurlar hücum etməsin.

– Al, götür, – deyə o, sinəbəndindən iki, qara və ağ rəngli daşlar çıxararaq, onları Santyaqoya uzatdı. – Bunların adı Urim və Tumimdir. Ağ rəngli daş "hə", qara rəngli daş isə "yox" deməkdir. Nə vaxt əlamətləri anlamağı bacarmasan, onlar sənə lazım olacaq. Soruşacaqsan – cavab verəcəklər. Amma ümumiyyətlə, – davam etdi, – qərarları özün qəbul etməyə çalış. Artıq bilirsən ki, xəzinə piramidaların yanındadır, altı qoyunu isə ona görə götürürəm ki, qərara gəlməyinə kömək etdim.

Gənc oğlan daşları çantasında gizlətdi. Bundan sonra risk edib qərarları özü qəbul edəcəkdi.

– Unutma ki, dünyada hər şey bir bütövdür. Əlamətlərin dilini yaddan çıxartma. Ən əsası, unutma ki, sən Öz Yolunu axıra qədər getməlisən. İndi isə sənə qısa bir əhvalat danışmaq istəyirəm.

Bir tacir xoşbəxtliyin sirrini öyrənmək üçün oğlunu müdriklər müdrikinin yanına göndərir. Oğlan qırx gün yol gedib dağın zirvəsindəki gözəl bir qalaya çatır. Onun axtardığı Müdrik elə burada yaşayırdı.

Düşünülənin əksinə olaraq, qala Müdrikin tənha yaşadığı məskən deyildi, camaatla dolu idi: tacirlər öz mallarını təklif edir, insanlar bir küncə çəkilib söhbətləşir, kiçik orkestr incə musiqi çalırdı, zalın ortasında isə bu yerlərin ən incə və gözəl nemətləri ilə bəzədilmiş stol qoyulmuşdu. Müdrik bütün qonaqlarına baş çəkirdi. Oğlan iki saat öz növbəsini gözləməli oldu.

Nəhayət, Müdrik onu dinlədi, amma xoşbəxtliyin sirrini izah etmək üçün indi vaxtı-

51

nın olmadığını söylədi. Qoy, oğlan qalanı gəzsin və iki saatdan sonra bu zala qayıtsın.

"Mənim səndən bir xahişim də var, – o, içində iki damcı yağ olan çay qaşığını oğlana uzatdı. – Bu qaşığı özünlə götür və yağı dağıtma".

Oğlan gözlərini qaşıqdan çəkmədən saray pillələnəri ilə qalxıb düşdü, iki saatdan sonra isə Müdrikin qarşısında dayandı.

"Hə, – o dilləndi. – Yemək zalındakı fars xalçaları, ən mahir ustaların on il boyunca yaratdığı bağ, kitabxanamdakı qədim perqamentlər xoşuna gəldimi?"

Utancaq gənc heç nə görmədiyini etiraf etdi, çünki bütün diqqətini iki damcı yağa cəmləmişdi.

"Geri dön və mənim sarayımın bütün gözəlliklərinə bax, – Müdrik dedi. – Harada və necə yaşadığını bilmədiyin insana etibar etmək olmaz".

Oğlan qaşığı götürüb yenə qala keçidlərinə doğru irəlilədi. Bu dəfə başaşağı gəzmirdi, otaqları bəzəyən bütün sənət əsərlərinə, nadir əşyalara baxırdı. O, bağları və qalanı əhatələyən dağları seyr etdi, gül-çiçəyin gözəlliyinə, rəsmlərə və heykəllərə tamaşa etdi. Müdrikin yanına qayıtdıqda gördüklərinin hamısını ətraflı şəkildə ona danışdı.

"Bəs, iki damcı yağ hanı, axı mən sənə onu dağıtmamağı tapşırmışdım." – Müdrik soruşdu.

Bu vaxt oğlan qaşıqdakı yağı dağıtdığının fərqinə vardı.

"Bax, bu mənim sənə verə biləcəyim yeganə məsləhətdir, – müdriklərin müdriki ona söylədi. – Xoşbəxtliyin sirri ondadır ki, dünyanın möcüzələrini və gözəlliklərini görə biləsən və bu zaman çay qaşığındakı iki damcı yağı unutmayasan".

Santyaqo əhvalatı dinləyib xeyli susdu. O, qocanın nə demək istədiyini anlayırdı. Çoban səyahət etməyi sevir, lakin heç zaman öz qoyunlarını unutmur.

Şah Melhisedek diqqətlə Santyaqoya baxaraq, əllərini havada qəribə şəkildə oynatdı. Sonra qoyunları qabağına qataraq öz yolu ilə getdi.

Kiçik Tarif şəhərinin üstündə mavrların tikdiyi qədim qala yüksəlir. Əgər qülləyə qalxsan, meydanın qarğıdalı alverçisinin dayandığı hissəsi və Afrika sahillərinin bir parçası görünər. Həmin gün qala divarlarında üzünü şərq küləyinə tərəf tutmuş Salim şahı Melhisedek oturmuşdu. Öz talelərinin dəyişilməsindən həyəcanlanmış qoyunlar yeni sahibindən bir az aralıda topalaşmışdı. Lakin onlara yalnız yem və su lazım idi.

Melhisedek reyddə dayanmış kiçik barkasa baxırdı. O, Avraamı bir daha görmədiyi kimi, bu gənc oğlanı da heç zaman görməyəcək.

Ölümsüzlərin arzusu olmamalıdır, çünki onların burada Öz Yolu yoxdur. Yenə də Melhisedek qəlbinin dərinliyində Santyaqo adlı bu gənc oğlanın uğur qazanmasını istəyirdi.

– Təəssüf ki, o, indicə mənin adımı da unudacaq, – düşündü. – Adımı təkrar etməliydim. Məni "Salim şahı Melhisedek" kimi xatırlamalıydı.

Baxışlarını səmaya dikdi:

– Allahım, sənin sözlərinə görə bütün bunlar "fanilikdir". Amma bəzən qoca şah da özü ilə fəxr edə bilər.

"Bu Afrika qəribə yerdir"– Santyaqo dü-şündü.

O, şəhərin dar küçələrində tez-tez rast gəldiyi kiçik aşxanaların birində oturdu. Bir neçə adam növbə ilə tütün çəkirdi. Bu müddət ərzində üzləri örtülü qadınların əlindən tutub gəzən kişiləri, hündür qüllələrə çıxıb ucadan nəsə oxuyan ruhaniləri, ətrafda isə diz üstə çöküb alınlarını yerə vuran adamları gördü.

"Kafirlərin diyarıdır, bütpərəstlərin ölkə-sidir" – öz-özünə dedi. Uşaqlıqda kənd kil-səsində Müqəddəs Yəqubun rəsmini gör-müşdü – mavrların qalibi əlində qılınc, ağ atın üstündə təsvir edilmişdi, onun qarşısın-da isə indi aşxanada Santyaqonun yanında oturanlara oxşayan acıqlı insanlar vardı. Gənc oğlan özünü itirmişdi – özünü çox tən-ha hiss edirdi.

Səfərqabağı qarışıqlıqda bir cəhəti də ta-mamilə nəzərdən qaçırmışdı, bu isə xəzinə-yə aparan yolu uzun müddət onun üzünə bağlaya bilərdi. Bu ölkədə hamı ərəb dilində danışırdı.

Aşxananın sahibi onun yanına gəldi və Santyaqo işarələrlə yaxınlıqda oturanların içdiklərindən gətirməyi xahiş etdi. Bu, acı çay idi. Gənc şəraba üstünlük verərdi.

Nə isə, bütün bunlar əhəmiyyətli deyildi – yalnız xəzinə və onu necə əldə etmək haqqında düşünmək lazımdı. Qoyunları satdıqdan sonra aldığı xeyli pulu cibinə qoymuşdu. artıq bu pullar öz sehrli təsirini göstərmişdi – pulu olan insan özünü tənha hiss etmir. O, çox tezliklə, cəmi bir neçə gündən sonra piramidaların yanında olacaq. Təmiz qızıldan sinəbənd gəzdirən qoca altı dənə qoyundan ötrü adam aldatmaz.

Qoca ona əlamətlər haqqında danışmışdı və Santyaqo boğazı keçənə qədər bunlar haqqında düşündü. O, söhbətin nədən getdiyini bilirdi: Əndəlüsdə gəzib-dolaşarkən yer və göydəki əlamətləri tanımağı öyrənmişdi. Quş ilanın harada gizləndiyini göstərə bilərdi; kolluq gördünsə, deməli, yaxınlıqda çay axır. Qoyunlar bunların hamısını ona öyrətmişdi. "Əgər Allah onlara yol göstərirsə, mənə də yolumdan çıxmağa imkan

56

vermaz", – Santyaqo düşündü və bir az sakitləşdi. Hətta çay daha ona acı gəlmirdi.

– Sən nəçisən? – birdən ispan dilində sual eşidildi.

Santyaqo nəfəsini dərdi: əlamətlər haqqında düşünürdü, bu da sənə əlamət. Sual verən adam onunla eyni yaşda olardı, qərbli görkəmində idi, amma dərisinin rəngi yerli olduğunu göstərirdi.

– Sən ispan dilini haradan bilirsən – Santyaqo soruşdu.

– Burada demək olar ki, hamı bu dili bilir. İspaniya ilə iki saatlıq məsafəmiz var.

– Otur, mən səni qonaq etmək istəyirəm. Özünə və mənə şərab sifariş et. Çay xoşuma gəlmir.

– Bu ölkədə şərab içmirlər, – cavab verdi. – Din icazə vermir.

Santyaqo ona piramidaların yanına getmək istədiyini dedi. Az qalmışdı xəzinə haqqında da danışsın, amma tez dilini dişlədi – ərəb ona bələdçilik etsəydi, yəqin ki, xəzinəyə şərik olmaq istəyəcəkdi.

– Məni piramidaların yanına apara bilərsənmi? Bunun haqqını verərəm.

57

– Onların harada yerləşdiyi haqqında heç təsəvvürün də yoxdur?

Santyaqo aşxana sahibinin onlara yaxınlaşıb diqqətlə söhbətə qulaq asdığını gördü. Onun yanında danışmaq istəmirdi, amma belə asanlıqla tapdığı bələdçini də əlindən buraxmağa qorxurdu.

– Sən bütün Saxara səhrasını keçməlisən, – o dedi. – Bunun üçün isə pul lazımdır. Varınmı?

Santyaqonu bu sual təəccübləndirdi. Lakin o, qocanın sözlərini xatırladı: əgər nəyisə istəyirsənsə, bütün Kainat sənin arzunun həyata keçməsinə kömək edəcək. o, cibindən pulu çıxarıb ərəbə göstərdi. Aşxana sahibi onlara bir az da yaxınlaşdı, sonra isə qərbliyə oxşayan ərəblə bir-iki kəlmə ərəbcə danışdı. Santyaqoya elə gəldi ki, aşxana sahibi nədənsə hirslənib.

– Buradan gedək, – gənc dedi. – O bizim burada oturmağımızı istəmir.

Santyaqo sevinclə ayağa qalxdı və hesabı ödəmək istədi, amma aşxana sahibi onun əlindən tutub nəsə danışmağa başladı. Santyaqonun əlini ondan qurtarmağa gücü yetərdi, amma yad ölkədə olduğu üçün, necə hərəkət etməyi bilmirdi. Xoşbəxtlikdən yeni tanışı aşxana sahibini itələyib Santyaqonu oradan çıxartdı.

– Sənun pulunu almaq istəyir. Tanjer Afrikanın başqa şəhərlərinə oxşamır. Bura limandır, limanda isə fırıldaqçılar həmişə tapılır.

Ona inanmaq olar. Ərəb gənc ona çətin vəziyyətdə kömək etdi. Santyaqo yenə pulu cibindən çıxarıb, onları saydı.

– Sabah piramidaların yanına yola düşə bilərik, – ərəb dedi. – Amma əvvəlcə iki dəvə almaq lazımdır.

Onlar Tanjerin hər addımda çadırlar və arabalarda alver gedən dar küçələri ilə addımlayıb bazar meydanına çıxdılar. Bura minlərlə adam yığışmışdı – onlar alıb-satır, mübahisə edirdilər. Göyərti və meyvələr xəncərlərlə, xalçalar – qəlyanlarla yanaşı qoyulmuşdu. Santyaqo yol yoldaşını gözdən qoymurdu – pullarının hamısını ərəbə vermişdi. Geri almaq istəsə də, bunun kobudluq olacağını düşündü. Bu ölkənin ədəb-ərkan qaydalarından, adətlərindən xəbərsiz

idi. "Boş şeydir, – düşündü, – mən onu diq-
qətlə izləyirəm və bu da kifayətdir, çünki
ondan güclüyəm".

Saysız-hesabsız müxtəlif mallar içində
birdən indiyə qədər rastlamadığı gözəl bir
qılınc gördü. Qılıncın qəbzəsi bahalı daş-
qaşla bəzədilmişdi, özü isə gümüşdən idi.
Santyaqo Misirdən qayıdanda mütləq bu qı-
lıncı alacağını qət etdi.

– Soruş, gör neçəyədir?– yol yoldaşına
dedi.

Bu an anladı ki, qılınca baxarkən ərəb
gəncdən iki saniyə diqqəti yayınıb. Ürəyi
sancdı. O, çevrilib baxmaqdan qorxurdu,
çünki nə görəcəyini bilirdi. Bir neçə an da
gözlərini qılıncdan çəkmədi, lakin sonra cə-
sarətini toplayıb başını çevirdi.

Ətrafda bazar qaynayırdı, insanlar uca-
dan danışırdı, xalçalar və fındıqlar, mis sini-
lər və göyərtilər bir-birinin yanına qoyul-
muşdu, kişilər çadralı qadınların əllərindən
tutaraq keçib gedirdilər, havadan yeməklə-
rin qoxusu duyulurdu, amma onun yoldaşı
heç yerdə gözə dəymirdi.

Santyaqo bir-birlərini təsadüfən itirdiklə-rinə inanırdı və bu ümidlə də yerində durub ərəb gəncin qayıtmasını gözlədi. Bir müd-dət keçdi; hündür qülləyə bir insan qalxdı və ucadan nəsə oxudu – dərhal hamı diz çö-küb, alnını yerə vurdu və oxumağa başladı. Sonra isə işgüzar qarışqalar kimi, çadırlarını və piştaxtalarını qapadılar. Bazar boşaldı.

Günəş də səmadan çəkilirdi; Santyaqo uzun müddət, evlərin arxasında gözdən itə-nədək ona baxdı. Xatırladı ki, bu sabah gü-nəş doğanda hələ o biri qitədəydi, hələ ço-ban idi, altmış ədəd qoyunu vardı və ma-hudçunun qızı ilə görüşü gözləyirdi. Hələ səhər, qoyunlarını otlaqdan çıxaranda başı-na nə gələcəyini bilmirdi.

İndi isə günəşin qürub çağı o, yad ölkədə qərib idi və hətta buranın sakinlərinin dilini də anlamırdı. Daha çoban deyildi, hər şey-dən məhrum olmuşdu – ən önəmlisi, pulu-nu itirmişdi, deməli, geriyə qayıdıb hər şeyi əvvəldən başlaya bilməzdi.

"Bütün bunlar bircə günün içində oldu", – düşündü. Özünə yazığı gəldi – dəyişikliklər bəzən elə sürətlə baş verir ki, onlara öyrəşmək bir yana qalsın, ah çəkməyə də vaxt tapmırsan.

Ağlamaq ayıb idi, hətta öz qoyunlarının qarşısında ağlamağa utanmışdı. Amma bazar meydanı artıq boşalmışdı, o isə tənha və vətəndən uzaqda idi.

Santyaqo ağladı. Məgər Allah bu qədər ədalətsizdir ki, öz yuxularına inanan adamlara cəza çəkdirir! "Mən qoyunlarımı otaranda xoşbəxt idim və öz ətrafıma xoşbəxtlik yayırdım. Adamlar məni görəndə sevinir və əziz qonaq kimi qəbul edirdilər. İndi isə qəmli və bədbəxtəm. Nə edəcəyimi bilmirəm. Mən acıqlı və inamsız olacağam, bir nəfər məni aldatdığı üçün hamıdan şübhələnəcəyəm. Xəzinəni tapanlara nifrət edəcəyəm, çünki mən bunu bacarmadım. Malik olduğum azdan yapışacağam, çünki dünyanı dərk etmək üçün çox kiçik və dəyərsizəm".

O, çantasını açdı kı, yeməyinin qalıb-qalmadığını öyrənsin – heç olmasa bir tikə yağ-çörək, – amma qalın kitabdan, gödəkçədən və qocanın verdiyi iki daşdan başqa heç nə tapmadı.

Santyaqo bu daşları görüb yüngülləşdi. Axı bu bahalı daşları altı qoyunla dəyişmişdi. Onları satar, özünə bilet alar və geri qayıdar. "Bundan sonra ağıllı olaram", – onları çantasından çıxarıb cibində gizlətdi. Bu da liman, onu qarət etmiş ərəbin dediyi yeganə doğru sözlər bura aid idi: liman həmişə fırıldaqçılarla dolu olur.

Aşxana sahibinin nə üçün hirsləndiyini yalnız indi anladı – o, Santyaqoya öz yoldaşına etibar etməməyi anlatmağa çalışmışdı. "Mən də hamı kimiyəm: arzu etdiyimi həqiqət kimi qəbul edirəm və dünyanı olduğu kimi yox, görmək istədiyim kimi görürəm".

Yenə də daşlara baxdı, ehtiyatla onlara toxundu – isti və şumal idilər. Əsil xəzinədir; toxunursan – qəlbin yüngülləşir. Onlar Santyaqoya qocanı xatırladırdı, qəlbində onun sözlərini eşidirdi: "Əgər nəsə istəsən, bütün Kainat sənin arzunun həyata keçməsinə kömək edəcək".

Bunun doğru olduğunu anlamaq istəyirdi. Boş bazar meydanının ortasında, qəpikquruşsuz dayanmışdı, qoyunların qayğısını çəkmək lazım deyildi. Lakin qiymətli daşlar onun doğrudan da şahla görüşdüyünün sübutu idi – onun bütün həyatını – icazəsiz götürdüyü tüfəngi və ilk qadınını bilən şahla.

"Daşlar sənə müəmmanı tapmağa kömək edər. Onların adı Urim və Tumimdir", – o xatırladı. Santyaqo bir daha onları cibindən çıxartdı və yoxlamağı qərara aldı. Qoca deyirdi ki, sualları aydın vermək lazımdır, çünki daşlar yalnız nə istədiyini dəqiq bilən adama kömək edir. O soruşdu ki, qocanın xeyir-duası hələ də ona yardım edirmi?

– Hə, – daş cavab verdi.

– Xəzinəni tapacağammı? – Santyaqo soruşdu.

O, əlini çantaya soxdu ki, daşı çıxarsın, amma daşların hər ikisi deşiyə düşdü. Əvvəllər nədənsə çantasının deşik olduğunu görməmişdi. Santyaqo əyildi ki, daşları yerdən götürsün, bu zaman başına yeni fikir gəldi:

"Əlamətləri görməyi öyrən və onların dalınca get", – qoca ona dedi.

Əlamət! Santyaqo güldü. Sonra daşları yerdən götürüb, çantaya qoydu. O, deşikləri tikməyi düşünməyəcək belə, – daşlar əgər istəsələr, çölə çıxacaqlar. Elə şeylər var ki, onlar haqqında soruşmamaq lazımdır – öz taleyindən qaçmamaq üçün. "Axı mən qocaya söz verdim ki, qərarı özüm verəcəyəm" – öz-özünə dedi.

Daşlar qocanın əvvəlki kimi onunla olduğunu anlatmışdı, bu da ona qətiyyət verirdi. Santyaqo yenə də boş qalmış bazar meydanına baxdı, amma bu dəfə ümidsizliklə yox. Onun qarşısındakı yad dünya deyildi, sadəcə yeni dünya idi.

Həmişə yeni dünyaları tanımağı istəməmişdimi? Hətta piramidalara qədər gedib çıxmasa belə, o, artıq hər hansı çobandan çox uzağa getmişdi. "Onlar gərək biləydilər ki, – düşündü, – cəmi iki saatlıq yoldan sonra hər şey tamamilə başqa cürdür".

Yeni dünya onun qarşısında boş bazar meydanı ilə dayanmışdı, amma buranın həyatla qaynadığını görmüşdü və bunu heç zaman unutmayacaqdı. O, qılıncı da xatırladı: əlbəttə, ona ikicə saniyə baxmaq baha başa gəlmişdi, amma heç zaman belə şey görməmişdi. Santyaqo birdən anladı ki, dünyaya fırıldaqçının yazıq qurbanı kimi, yaxud macəra və xəzinə axtarışına çıxmış cəsur kimi də baxa bilər.

– Mən, macəra və xəzinə axtarışına çıxmış igidəm, – yuxuya getməzdən əvvəl dedi.

Kimsə onu yuxudan oyatdı. Santyaqo artıq yenidən həyata qayıtmış bazarın ortasında gecələmişdi.

Öz qoyunlarını axtararaq ətrafına baxdı və yeni dünyada olduğunu anladı, amma adət etdiyi kədərin əvəzinə indi xoşbəxtlik hiss etdi. Daha su və yem axtarmaq üçün gəzib-dolaşmayacaq, xəzinənin ardınca yollanacaq! Cibində bir qəpik də yoxdur, amma həyata inamı var. Dünən gecə o özü üçün macəra axtaranın taleyini seçib – kitabda oxuduğu qəhrəmanlardan birinə çevriləcək.

Gənc oğlan tələsmədən meydanı gəzdi. Satıcılar öz çadır və dükanlarını açırdı. O, şirniyyat alverçisinə mallarını düzməyə kömək etdi. Şirniyyatçının üzündə təbəssüm vardı, gümrah və şən idi, yeni çətin günü qarşılamağa sevinclə hazırlaşırdı. Bu, Santyaqoya qocanı, sirli şah – Melhisedeki xatırlatdı. "O, şirniyyatı ona görə bişirmir ki, dünyaya səyahətə çıxsın, yaxud mahudçunun qızı ilə evlənsin. Sadəcə bu iş onun xoşuna gəlir", – gənc düşündü və insanın Öz Yoluna yaxın, yaxud uzaq olduğunu ilk baxışdan müəyyənləşdirməyi qocadan heç də pis bacarmadığını gördü. "Bu çox sadədir – nə üçün əvvəllər anlamamışam?!"

Brezenti çəkdikdən sonra şirniyyatçı ona ilk bişirilmiş kökəni uzatdı. Santyaqo onu ləzzətlə yedi, minnətdarlıq etdi və uzaqlaşdı Və yalnız bir neçə addım atandan sonra xatırladı ki, onlar çadırı düzəldərkən şirniyyatçı ərəbcə, o isə ispanca danışır və bir-birini anlayırdılar.

"Deməli, sözlərdən asılı olmayan dil də var, – düşündü. – Mən qoyunlarımla bu dildə anlaşırdım, indi isə bunu insanla yoxladım".

"Hər şey bir bütövdür", – qoca belə demişdi.

Santyaqo Tanjerin küçələri ilə tələsmədən getməyi qərara aldı ki, əlamətləri gözdən qaçırmasın. Bu, səbr tələb edir, amma hər bir çobanın ilk işi səbr etməyi öyrənməkdir

Və yenə də qoyunların ona öyrətdiklərinin yeni dünyada gərəkli olacağını düşündü.

"Hər şey bir bütövdür", – Melhisedekin sözlərini yenə xatırladı.

Büllur Alverçisi yeni günün necə başladığına baxdı və hər səhər adət etdiyi kimi bərk darıxdı. Budur, artıq otuz ildir ki, alıcıların nadir hallarda gəldiyi yoxuş kənarında olan dükanda otururdu. İndi həyatında nəyisə dəyişməyin vaxtı ötmüşdü; onun bacardığı tək şey – büllurla alver etmək idi. Vaxtı ilə onun dükanına pullu insanlar – ərəb tacirləri, ingilis və fransız geoloqları, alman əsgərləri yığışmışdı. Nə vaxtsa büllurla alver etmək əlverişli iş idi və o, zəngin olacağını, gözəl arvadlarının əhatəsində qocalacağını arzulamışdı.

Lakin dövr və onunla birlikdə şəhər də dəyişdi. Tanjeri çaxnaşmalar bürüdü və ticarət mərkəzi yerini dəyişdi. Qonşu tacirlər köçüb getdi və yoxuşda yalnız bir neçə dükan qaldı, bura isə heç kim qalxmaq istəmirdi.

Ancaq Büllur Alverçisinin başqa yolu yox idi. Otuz il boyunca yalnız büllur alıb-satmaqla məşğul olmuşdu, indi isə həyatı dəyişmək gec idi.

Bütün səhəri yoldan keçən tək-tük adamlara baxdı; Bütün il boyu belə idi və o, buradan kimlərin gəlib keçəcəyini əvvəlcədən bilirdi. Lakin günorta yeməyinə bir neçə dəqiqə qalmış vitrinin qarşısında gənc yadelli dayandı. O, yaxşı geyinmişdi, lakin Büllur Alverçisinin mahir gözləri onun cibində pul olmadığını bilirdi. Buna baxmayaraq, gəncin üzünə qapını açdı və onun getməyini gözləməyə başladı.

Dükanda əcnəbi dildə də danışıldığını bildirən elan asılmışdı.

– İstəyirsiniz, mən bütün bu stəkanları yuyum? – gənc soruşdu. – Bu görkəmdə onları heç kim almaz.

Satıcı cavab vermədi.

– Bunun əvəzinə mənə yemək verərsiniz.

Tacir susaraq ona baxırdı. Santyaqo anladı ki, qərar verməlidir. Çantasındakı gödəkçə səhrada lazım olmayacaqdı. Onu çıxarıb stəkanları silməyə başladı. Yarım saatdan sonra vitrindəki bütün stəkanlar par-par pa-

rıldadı və bu zaman iki nəfər gəlib büllur əş-
yalardan nəsə aldı.

İşini qurtardıqdan sonra Santyaqo tacir-
dən yemək istədi.

– Gedək mənimlə, – tacir dedi.

Qapıdan "Yemək vaxtı bağlıdır" elanını
asıb, Santyaqoni döngənin başındakı kiçik
bara apardı. Stol arxasına keçib əyləşdilər.
Büllur Alverçisi gülümsədi:

– Heç nəyi yumaq lazım deyildi. "Quran"
acları doyurmağı əmr edir.

– Bəs, məni nə üçün saxlamadınız?

– Çünki stəkanları toz basmışdı. Sən də,
mən də beynimizi axmaq fikirlərdən təmiz-
ləməliyik.

Yeyib qurtardıqdan sonra tacir dedi:

– İstəyirəm ki, mənim dükanımda işləyə-
sən. Sən bu gün büllurları yuyanda iki nəfər
alıcı gəldi – bu, yaxşı əlamətdir.

"İnsanlar tez-tez əlamətlər haqqında da-
nışır, – çoban düşündü, – lakin bunu anla-
mır. Mən özüm də bilmədən, illər uzunu
sözsüz dildə öz qoyunlarımla söhbət etmi-
şəm".

– Hə, nə oldu? – tacir təkid etdi. – Mənimlə gedəkmi?

– Sübhə qədər bütün büllurları yuyaram, – gənc dedi. – Siz isə mənə, Misirə gedib çıxmaq üçün pul verərsiniz.

Qoca yenə güldü.

– Əgər mənim dükanımda il boyu büllur yusan da, hər satılan maldan yaxşı faiz alsan da, yenə də borc pul götürmək gərəkəcək. Tanjerdən piramidalara qədər səhra yolu ilə min kilometrdən çoxdur.

Bir dəqiqəliyə elə sükut çökdü ki, sanki bütün şəhər yuxuya getmişdi. Bazarlar, öz mallarını tərifləyən alverçilər, minarələrə qalxıb dua oxuyan insanlar, qəşəng qəbzəli qılınclar yox oldu. Ümid və macəra, xəzinə və piramidalar, qoca şah və ÖZ YOLU – çəkilib getdi. Bütün dünya sükut içində idi, çünki Santyaqonun qəlbi donmuşdu. Nə ağrı, nə əzab, nə məyusluq hiss etmədən aşxananın kiçik qapısından donuq baxışlarla baxır və bu an hər şeyin birdəfəlik bitməsini arzu edərək, yalnız ölmək istəyirdi.

Satıcı, bir az əvvəl şən görünən bu gəncə təəccüblə baxdı. İndi bu sevincdən əsər-əlamət də qalmamışdı.

– Oğlum, mən sənə vətənə dönmək üçün pul verə bilərəm, – satıcı dedi.

Gənc cavab vermədi. Sonra ayağa qalxıb, aşırma çantasını götürdü.

– Mən sizdə işləmək üçün qalıram, – dedi. Bir az susduqdan sonra əlavə etdi:

– Bir az qoyun almaq üçün mənə pul lazımdır.

İKİNCİ HİSSƏ

Santyaqo bir aya yaxın dükanda işlədi. Yeni iş onun çox da xoşuna gəlmirdi. Büllur Alverçisi hər gün piştaxtanın arxasında oturur və tez-tez gəncə mallarla ehtiyatlı davranmağı, heç nəyi sındırmamağı tapşırırdı.

Lakin gənc işdən çıxmadı, çünki Satıcı deyingən olsa da, düz adam idi və sözünün üstündə dururdu: Santyaqo hər satılan maldan komission haqqı alırdı. Hətta bir qədər pul da toplamışdı. Bir dəfə səhər pullarını sayaraq gördü ki, belə getsə, bu qazancla yalnız bir ildən sonra qoyun ala bilər.

– Açıq piştaxta düzəldib mallardan nümunə qoymaq lazımdır, – tacirə dedi. – Biz

75

onu dükanın girişinə qoyarıq ki, gəlib-gedə-nin diqqətini cəlb etsin.

– Əvvəllər piştaxtasız yaşamışıq, – Büllur Alverçisi dedi. – Yoldan keçən kimsə ona ili-şib aşırar və büllurlarım sınar.

– Mən qoyunlarımı otlağa aparanda, on-ları da ilan çalıb öldürə bilərdi. Lakin bu – çoban və qoyunların həyatının bir his-səsidir.

Tacir bu zaman üç büllur qədəh almaq is-təyən alıcı ilə məşğul idi. İndi alver yaxşı ge-dirdi, sanki Tanjerin hər tərəfindən adam-ların bu küçəyə gəldiyi dövrlər geri qayıt-mışdı.

– İşlər yaxşı gedir, – alıcı çıxdıqdan sonra tacir dedi. – Mən indi kifayət qədər qazanı-ram və tezliklə sənə pul verəcəyəm ki, qo-yun sürüsü alasan. Sənin nəyin çatışmır? Nə üçün həyatdan çox şey tələb etməlisən?

– Çünki, əlamətlərə əməl etməlisən, – gənc bilaixtiyar dilləndi və dərhal da dedik-lərinə peşman oldu: Tacir, axı heç zaman şa-hı görməmişdi.

"Bu Yaxşı Başlanğıc adlanır, – qocanın sözlərini xatırladı. – Naşıların bəxti gətirir.

76

Çünki həyat insanın Öz Yolu ilə getmısini istəyir".

Bu arada tacir Santyaqonun dediklərini düşünürdü. Gəncin dükana gəlişinin xeyirli əlamət olduğu aydın idi – pullar kassaya su kimi axırdı və o, ispan gənci işə götürdüyünə peşman deyildi. Amma o, lazım olduğundan da çox qazanır: həyatında heç bir dəyişiklik olmadığını görən satıcı, Santyaqoya yüksək maaş təyin etdi. İntusiyası ona oğlanın öz qoyunlarının yanına qayıdacağını deyirdi.

– Piramidalar sənin nəyinə gərəkdir? – satıcı mövzunu dəyişmək məqsədi ilə soruşdu.

– Onların haqqında çox eşitmişəm, – Santyaqo cavab verdi. Xəzinə kədərli xatirəyə çevrilmişdi və bunun haqqında düşünməməyə çalışırdı, ona görə də öz yuxusunu tacirə danışmadı.

– Piramidalara baxmaq üçün böyük bir səhranı keçmək istəyən adamla həyatda ilk dəfə rastlaşıram. Piramidalar – sadəcə daş yığnağıdır. Sən özün də həyətdə beləsini tikə bilərsən.

– Görünür, uzaq səyahətlər haqqında yuxu görməmisiniz, – Santyaqo cavab verdi və dükana girən alıcını qarşılamağa getdi.

İki gündən sonra qoca tacir vitrin haqqında söhbətə qayıtdı.

– Mən yenilikləri sevmirəm, – dedi. – Həsən kimi zəngin deyiləm ki, səhv etməkdən qorxmayım. O, bundan çox şey itirməz. Amma biz səhv etsək, bütün həyatımız boyu ağrısını çəkərik.

"Doğrudur", – gənc oğlan düşündü.

– Bax, cavab ver, küçədə qoyacağın bu piştaxta nəyinə lazımdır?

– Mən qısa müddətdə qoyun almaq istəyirəm. Nə qədər ki, uğur bizimlədir, fürsətdən istifadə etmək lazımdır. Uğur bizə kömək etdiyi kimi, biz də ona kömək etməliyik. Bu belə adlanır: Yaxşı Başlanğıc. Naşıların bəxti gətirir.

Qoca bir qədər susduqdan sonra dilləndi:

– Peyğəmbər bizə "Quran" gətirib və bizim üzərimizə beş vəzifə qoyub. Ən əsası – Allahdan başqa allah olmadığını unutmamaq lazımdır. O birilər isə – gündə beş dəfə namaz qılmaq, Ramazan ayında oruc tutmaq, yoxsullara mərhəmət göstərmək....

Yenə susdu. Peyğəmbər haqqında söz edəndə gözləri yaşardı. Səbirsiz və coşqun insan olsa da, Məhəmmədin qanunları ilə yaşamağı bacarmışdı.

– Bəs, beşinci vəzifə?

– Dünən sən mənim uzaq səyahətlər haqqında yuxu görmədiyimi dedin. Bax, hər bir müsəlmanın beşinci borcu – həccə getməkdir. Hər birimiz ömür boyu heç olmasa bircə dəfə müqəddəs Məkkə şəhərini ziyarət etməlidir. O, piramidalardan da uzaqdadır. Gəncliyimdə bir az pul əldə edən kimi bu dükanı almağı üstün tutdum. Fikiləşdim ki, nə vaxt varlansam, Məkkəyə yola düşərəm. Sonra doğrudan da pulum oldu, amma satdığım mallar kövrək olduğundan, ticarətimi heç kimə etibar edə bilmədim Və hər gün yanımdan ötən ziyarətçiləri gördüm: onların arasında zənginlər də vardı – onlarla nökərin əhatəsində və tam bir dəvə karvanı ilə gedirdilər – amma əksəriyyəti məndən kasıb idi.

Onların xoşbəxt və razı halda qayıtdıqlarını da gördüm, hər biri evinin qapısına Məkkə ziyarətinin rəmzini taxırdı. Onlardan biri, özgə ayaqqabısı tikən pinəçi, düz bir il boyunca səhra ilə getdiyini, amma Tanjerdəkindən az yorulduğunu demişdi.

– Niyə indi Məkkəyə getmirsiniz? – Santyaqo soruşdu.

– Çünki mən bu ziyarəti arzu etməyimin sayəsində yaşayıram. Yoxsa bir-birindən fərqlənməyən bu günlərə, büllurlar qoyulmuş bu rəflərə, bu bərbad aşxanaya dözə bilərdimmi? Qorxuram ki, arzum həyata keçsə, daha həyatda yaşamağa bir səbəbim olmasın.

Sən isə qoyunlar və piramidalar haqqında xəyal edirsən və məndən fərqli olaraq, öz arzunu həyata keçirməkdən ötrü alışıb-yanırsan. Mən yalnız Məkkəni arzulayıram. Səhranı necə keçəcəyimi, müqəddəs daşın qoyulduğu meydana necə gələcəyimi, onun ətrafında yeddi dəfə necə dolanacağımı, ona necə toxunacağımı min dəfə təsəvvür etmişəm. Mən yanımda neçə nəfərin dayandığını və səsimin dua xoruna necə qarışacağını təsəvvür edirəm. Lakin qorxuram ki, dəhşətli məyusluğa düçar olum, ona görə də yalnız xəyal qurmağı üstün tuturam.

Həmin gün o, Santyaqoya piştaxta qurmağa icazə verdi.

Hamı eyni yuxunu görmür.

İki ay da keçdi – eşiyə qoyulmuş yeni piştaxta öz işini gördü: dükana gələn alıcıların sayı-hesabı yox idi. Santyaqo təxmin etmişdi: əgər işlər bundan sonra da belə getsə, yarım ildən sonra İspaniyaya qayıda və altmış baş yox, bundan iki dəfə çox qoyun ala bilər. Bir il keçmədən sürüsünün sayını iki dəfə artıra bilər və ərəblərlə alver edər, çünki artıq onların dilini öyrənib.

Bazardakı hadisədən sonra çantasından Urim və Tumim daşlarını daha çıxarmırdı, çünki Misir arzusu onun üçün, tacirin Məkkə arzusu kimi, xam xəyal idi. Öz işindən razı idi və daim gəmidən Tarif limanına məğrur halda dönməyini təsəvvür edirdi.

"Yadda saxla ki, nə istədiyini həmişə dəqiq bilməlisən", – Melhisedek demişdi. Gənc oğlan bilirdi. Öz məqsədinə çatmaq üçün işləyirdi. Bəlkə də yad ölkədə fırıldaqçı ilə qarşılaşmaq, sonra da bir qəpik xərcləmədən qoyunlarının sayını iki dəfə artırmaq onun alnına yazılmışdı?

Özü ilə fəxr edirdi. Çox şey öyrənmişdi: büllur alıb-satmağı bacarır, sözsüz dili bilir və əlamətləri oxuyurdu. Bir dəfə kiminsə şikayət etdiyini eşitdi: belə yoxuşu çıxasan, amma oturmağa və susuzluğunu yatırmağa bir yer tapmayasan. Santyaqo bunun əlamət olduğunu dərhal anladı və ağasına dedi:

– Gəl, burada çayxana açaq.

– Bizdən əvvəl də bu işi görmüşlər, – Büllur Alverçisi dedi.

– Biz büllur stəkanlarda çay verərik. İnsanlar zövq alar, biz də büllurlarımızı satarıq. İnsanlar gözəlliyin düşkünüdür.

Tacir cavab vermədən uzun müddət ona baxdı. Lakin axşama yaxın dükanı bağlayıb, namazını qıldıqdan sonra səkiyə çıxdı, dükanın qarşısında oturdu və Santyaqoya ərəblərdə məşhur olan nargilə qəlyanı çəkməyi təklif etdi.

– Sən nəyə nail olmaq istəyirsən? – Santyaqodan soruşdu.

– Siz ki bilirsiniz: evə qayıdıb, qoyun sürüsü almaq istəyirəm. Bunun üçün isə pul lazımdır.

Qoca nargiləyə bir neçə kömür atıb, dərindən qullabladı.

– Otuz ildir ki, bu dükanı saxlayıram. Yaxşı büllurları pis büllurdan ayırmağı bacarıram, ticarətin bütün incəliklərini bilirəm. İşimin necə getməsindən razıyam və onu genişləndirmək istəmirəm. Alıcılara büllur stəkanlarda çay verəcəksənsə – dövriyyən böyüyəcək və həyat tərzini dəyişməli olacaqsan.

– Bunun nəyi pisdir ki?!

– Mən yaşadığım kimi yaşamağa öyrəşmişəm. Sən bura gələnə qədər mən öz yerimdə sayırdım, həm də uzun illərdi – bu arada nə qədər dostum gəlmişdi, neçəsi getmişdi, müflisləşmişdi, varlanmışdı... Bu haqda dərin kədərlə düşünürdüm. İndi anlayıram ki, dükanım məhz istədiyim ölçüdədir. Dəyişiklik axtarmıram, bunu necə etməyi bilmirəm. Mən özüm özümə çox alışmışam.

Gənc necə cavab verəcəyini bilmirdi. Qoca isə davam etdi:

– Səni sanki Allah mənə göndərib. Bu gün isə bir şeyi anladım: əgər Allahın xeyir-dua-

sını qəbul etməsən, bu, lənətə çevrilər. Hə-
yatdan daha heç nə istəmirəm, sənsə bu hə-
yatın naməlum dərinliklərinə baş vurmağı-
mı təkid edirsən. Bu dərinliklərə baxıb, öz
imkanlarımı anlayıram və özümü əvvəlkin-
dən də pis hiss edirəm. Çünki indi bilirəm
ki, hər şey əldə edə bilərəm, amma bu, mə-
nə lazım deyil.

"Yaxşı ki, mən qarğıdalı satıcısına heç nə
danışmamışdım", – Santyaqo düşündü.

Onlar bir müddət də nargilə çəkdilər. Gü-
nəş batırdı. Tacir və oğlan ərəbcə danışırdı-
lar – Santyaqo bu dili öyrəndiyi üçün çox
məmnun idi. Çox keçmişdə, o biri həyatında
ona elə gəlirdi ki, qoyunlar bu dünyada hər
şeyi dərk edə bilərlər. Amma bax, ərəb dili-
ni onlar heç zaman öyrənə bilməzlər.

"Bəlkə də onların öyrənə bilməyəcəyi baş-
qa bir şey də var, – susaraq tacirə baxa-baxa
düşündü. – Çünki onlar yalnız yem və su
axtarmaqla məşğuldur. Bir də ki, onlar özlə-
ri öyrənməyiblər – mən onları öyrətmişəm".

– Maktub, – Büllur Alverçisi nəhayət dil-
ləndi.

– Bu, nə deməkdir?

– Bunu anlamaq üçün dünyaya ərəb kimi gəlmək lazımdır, – cavab verdi. – Amma təxmini mənası budur: "Qismət belədir".

Nəhayət, nargilədəki közləri söndürüb, Santyaqonun sabahdan etibarən büllur stəkanlarda çay satmasına icazə verdi.

Həyatın axarını dəyişmək mümkün deyil.

İnsanlar yoxuşu qalxır və birdən qarşılarında gözəl büllur stəkanlarda soyuq və sərinləşdirici nanəli çay satılan dükan görürdü. İçəri girməmək, çaydan içib sərinləməmək olardımı?!

"Mənim arvadım bunu düşünə bilməz!" – onlardan biri büllur stəkanlardan alıb dedi – bu axşam onun qonaqları vardı və o, bu gözəl stəkanlarla öz qonaqlarını heyrətləndirmək istəyirdi.

Başqa biri deyirdi ki, büllur stəkanlarda çay ləzzətli olur, guya belə stəkanlarda çay öz qoxusunu daha yaxşı saxlayır. Daha bir nəfər isə magik xassələrə malik olduğundan büllur stəkanlarda çay içməyin Şərqdə qədim ənənə olduğunu xatırlayırdı.

Və tezliklə dükanın şöhrəti hər yana yayıldı, hamı qədim sənətə necə yenilik gətirildiyini öz gözü ilə görmək istəyirdi. Gələnlərə büllur stəkanlarda çay verilən başqa yerlər də meydana çıxdı, amma heç kim bu yerlərə getmək istəmədi.

Tezliklə Tacir daha iki nəfər işçi götürməli oldu. İndi o, nəinki büllur, yeniliyi görməyə gələn insanlara həm də çay satırdı.

Beləcə altı ay da ötdü.

Gənc oğlan yuxudan ayılanda hələ günəş doğmamışdı. O, Afrikaya ayağını basandan bu yana on bir ay doqquz gün keçmişdi.

Xüsusi olaraq bu gün üçün aldığı ağ kətandan tikilmiş ərəb əbasını geydi, başını yaylıqla örtüb dəvə dərisindən olan halqa ilə bərkitdi. Səndəllərini ayağına keçirib səssizcə aşağı düşdü.

Şəhər hələ yatırdı. Santyaqo mürəbbə ilə bir parça çörək yedi, büllur stəkanda isti çay içdi. Sonra dükanın astanasında oturub nargilə çəkməyə başladı.

Beləcə tam təklikdə oturub nargilədən qullablayır, heç nə düşünmədən, yalnız səhranın qoxusunu gətirən küləyin rəvan səsini dinləyirdi. Sonra əlini cibinə salıb çoxlu pul çıxardı – bunlarla vətənə dönmək üçün bi let, yüz iyirmi qoyun və indi olduğu ölkə ilə İspaniya arasında alver etməyə icazə kağızı ala bilərdi.

Santyaqo qocanın yuxudan oyanmasını və dükanı açmasını səbirlə gözlədi. Sonra birlikdə çay içdilər.

– Mən bu gün gedirəm, – oğlan dedi. – İndi mənim qoyun almağa, sənin də Məkkəyə yollanmağa pulumuz var.

Tacir susurdu.

– Mənə xeyir-dua verin, – Santyaqo təkidlə dedi. – Siz mənə kömək etdiniz.

Qoca bir söz demədən çay dəmləməyə davam edirdi. Nəhayət Santyaqoya tərəf çevrilib dedi:

– Mən səninlə fəxr edirəm. Dükanıma həyat gətirdin. Amma bil: mən Məkkəyə getməyəcəyəm. Onu da bil ki, sən də özünə qoyun almayacaqsan.

– Bunu sizə kim dedi? – oğlan təəccüblə soruşdu.

– Maktub, – qoca Büllur Alverçisi dilləndi.

Və ona xeyir-dua verdi.

Santyaqo isə öz otağına gedib bütün əşyalarını topladı – əşyalar üç kisəyə sığdı.

Birdən qapının ağzında çoxdan unutmuş olduğu köhnə çantası gözünə sataşdı. Gödəkçəsi və kitabı çantanın içindəydi. Gödəkçəsini çıxarıb küçədən keçən birinə verməyi qərara aldı və bu zaman döşəməyə iki daş düşüb diyirləndi – Urim və Tumim.

Gənc oğlan qoca şahı xatırladı və onun haqqında uzun müddət düşünmədiyinə özü də təəccübləndi. İl boyu fasiləsiz olaraq bir məqsədlə işləmişdi – İspaniyaya əliboş qayıtmasın.

"Heç zaman öz arzundan imtina etmə, – Melhisedek ona demişdi. – Əlamətlərin ardınca get".

Gənc daşları döşəmədən götürdü və bu zaman onu qəribə hiss bürüdü, sanki qoca hardasa buralarda, yaxınlıqdaydı. Bütün il boyi zəhmət çəkmişdi, indi isə əlamətlər getmək zamanının yetişdiyini göstərirdi.

"Mən yenə əvvəl olduğum kimi olacağam, – düşündü, – amma qoyunlar ərəbcə danışmağı mənə öyrətməyəcək".

Lakin qoyunlar ona mühüm olan şeylər də öyrətmişdi: məsələn, dünyada hamının anlaya biləcəyi dil var. Bütün bu il ərzində ticarətin inkişafına çalışan Santyaqo bu dil-də danışmışdı. Bu – inandığın, yaxud arzu-ladığın üçün həvəs və sevgi ilə gördüyün iş-lərin dili, canlanma dili idi. Tanjer daha yad məkan deyildi və gənc bütün dünyanı bu şəhər kimi fəth edə biləcəyini anlayırdı.

"Əgər nəyisə çox arzulasan, bütün Kainat sənin arzunun həyata keçməsinə kömək edəcək", – qoca Melhisedek belə demişdi.

Lakin qoca bir kəlmə də olsun quldurlar, ucsuz-bucaqsız səhralar, arzularının həyata keçməsini istəməyən insanlar haqqında da-nışmamışdı. O, piramidaların bir yığın daş-dan ibarət olduğunu və hər kəsin istəsə, bunlardan öz bağında qura biləcəyini demə-mişdi. O, Santyaqonun pulu olacağı halda qoyun almasının lazım olduğunu söyləmə-mişdi.

Santyaqo çantasını götürdü və onu başqa əşyalarının yanına qoydu. Pillələrlə aşa-ğı düşdü. Tacir əcnəbilərə xidmət göstərir, daha iki nəfər alıcı isə büllur stəkanlardan çay içə-içə dükanda var-gəl edirdi. Sübh ça-ğı olsa da, gələnlərin sayı çox idi. Yalnız in-di Santyaqo gördü ki, tacirin saçları Melhi-

sedekin saçlarına oxşayır. O, Tanjerdə oldu-
ğu ilk gündə, getməyə yeri olmadığı vaxtda
şirniyyatçı ilə rastlaşdığını və onun təbəssü-
münün də qoca şahın təbəssümünə bənzə-
diyini xatırladı.

"Sanki o, buralarda olmuş və hər yerdə öz
izini buraxmışdı, – düşündü. – Sanki bu in-
sanlar ömürlərinin hansısa anında onunla
görüşmüşdü. Axı o, mənə belə demişdi ki,
Öz Yolu ilə gedənlərin həmişə yanında
olur".

Vidalaşmadan getdi – özgələrin yanında
ağlamaq istəmirdi. Lakin burada gördüyü,
burada öyrəndiyi bütün gözəlliklər üçün
darıxacağını bilirdi. O, özünə əminlik və
dünyanı fəth etmək arzusu qazanmışdı.

"Axı, mən yenə də tanış yerlərə qoyun
otarmağa gedirəm", – düşündü, amma nə-
dənsə bu qərar onun xoşuna gəlmədi. Öz ar-
zusunu həyata keçirmək üçün tam bir il iş-
lədi, amma birdən bu arzu dəqiqələr keç-
dikcə öz cazibəsini itirməyə başladı. Bəlkə
bu, heç arzu da deyildi?

Hə, bəlkə mən də Büllur Alverçisi kimi
olum? Bütün ömrü boyu Məkkəni arzula-

maq, lakin ora getməyə can atmamaq?". Düşündü, lakin əlindəki daşlar, sanki ona güc və qoca şahın qətiyyətini verirdi. Qəribə təsadüfmü, yoxsa əlamət idimi – o, Tanjerdə ilk gündə getdiyi həmin aşxanaya girdi. Aşxana sahibi ona bir fincan çay gətirdi.

"Mən həmişə çoban ola bilərəm, – Santyaqo düşündü. – Mən qoyunları otarmağı və qırxmağı öyrənmişəm və artıq bunu heç zaman unutmaram. Amma Misir piramidalarının yanına getməyə ikinci şansım olmaya da bilər. Qoca qızıldan sinəbənd gəzdirir və mənim bütün tarixçəmi bilirdi. O, həm müdrik, həm də əsil şah idi".

Onu Əndəlüsün çöllərindən yalnız iki saatlıq yol ayırırdı, amma onunla piramidalar arasında ucsuz-bucaqsız səhra uzanırdı. Lakin buna başqa cür baxmağın mümkün olduğunu da anlayırdı: bir il itirsə də, piramidalara gedən yol iki saat qısalmışdı.

"Qoyunların yanına nə üçün qayıtmaq istədiyim mənə məlumdur. Çünki onları tanıyıram, çünki onları sevirəm və çünki onlarla heç bir çətinliyim olmur. Amma səhranı sevmək olarmı? Axı, mənim xəzinəm məhz

səhrada gizlənib. Onu tapmağı bacarma-
sam, evə qayıdaram. İndi mənim həm pu-
lum, həm də vaxtım var – onda niyə cəhd et-
məyim?"

Bu dəqiqələrdə böyük sevinc hiss edirdi.
Çobanlıq yolu ona həmişə açıqdır və həmi-
şə büllur alveri ilə məşğul ola bilər. Əlbəttə,
dünyada gizli olan çox xəzinələr var, amma
başqası deyil, məhz o, bir yuxunu iki dəfə
görmüş və qoca şahla rastlaşmışdı.

Özündən razı halda aşxanadan çıxdı. Xa-
tırladı ki, büllur tacirinə mal gətirən adam-
lardan biri səhradan keçən karvan yolu ilə
gəlib-gedirmiş. Santyaqo Urim və Tumimi
əlində sıxmışdı – bu daşların sayəsində yenə
də öz xəzinəsinə doğru getməyi qərara aldı.

"Mən Öz Yolu ilə gedən hər kəsin həmişə
yanındayam", – Melhisedekin sözlərini xa-
tırladı.

Ən asan olanı ticarət anbarına gedib, pi-
ramidaların doğrudan da deyildiyi qədər
uzaq olub-olmadığını soruşmaqdır.

İngilisin oturduğu bina pəyəyə oxşayırdı
və toz, tər, heyvan iyi adamın burnunu de-
şirdi. "Bu deşiyə girmək üçün on il oxumaq

lazım idimi?" – o, fikirli-fikirli kimya jurna-
lını vərəqləyərək düşündü.

Lakin geriyə yol yox idi. Əlamətlərin da-
lınca getmək lazımdır. O, bütün ömrünü
Kainatın danışdığı yeganə dili axtarmağa
həsr etmişdi, – bunun üçün də oxumuşdu.
Əvvəlcə, esperanto ilə, sonra dinlərlə və nə-
hayət, əlkimya ilə məşğul olmuşdu və indi
esperanto dilində sərbəstcə danışır, müxtəlif
dinlərin tarixini başdan-axıra bilirdi, amma
hələ kimyagər olmamışdı. Hə, əlbəttə, bəzi
sirləri açmağı bacarmışdı, amma indi iliş-
mişdi, öz tədqiqatlarında bir addım belə irə-
liləyə bilmirdi. Əbəs yerə hansısa kimyagər-
dən kömək istəməyə cəhd etmişdi – bu in-
sanların hamısı qəribə idi, yalnız özləri haq-
qında düşünür və demək olar ki, həmişə kö-
mək etməkdən imtina edirdilər. Bəlkə də
onlar Fəlsəfə Daşının sirrini açmağı bacar-
mamışlar və buna görə də özlərinə qapan-
mışlar?

İngilis nəticəsiz axtarışlara ata mirasının
bir hissəsini xərcləmişdi: dünyanın ən yaxşı
kitabxanalarına getmiş, əlkimya üzrə ən na-
dir, ən mühüm kitabları almışdı və belə ki-

tabların birində oxumuşdu ki, çox-çox illər əvvəl məşhur ərəb kimyagəri Avropaya gəlmişdir. Onun iki yüzdən çox yaşı olduğunu, Fəlsəfə Daşını tapdığını və Əbədi Həyat İksirini kəşf etdiyini deyirdilər. Bu, ingilisə çox təsir etdi, lakin səhradakı arxeoloji ekspedisiyadan qayıtmış bir dostu fövqəladə istedada malik olan ərəbdən danışmasaydı, bütün bunlar əfsanə olaraq qalacaqdı. Ərəb, Əl-Fəyyum vahəsində yaşayırdı. Şayiələrə görə, onun iki yüz yaşı vardı və istənilən metalı qızıla çevirməyi bacarırdı.

İngilis dərhal bütün iş və görüşlərini ləğv etdi, ən vacib kitablarını götürdü və budur, indi qoyun iyi verən barakdadır, divarın o tərəfində isə Saxara səhrasından, Əl-Fəyyum vahəsinin yanından keçib gedəcək karvan yola düşməyə hazırlaşır.

"Bu lənətə gəlmiş kimyagəri öz gözlərimlə görməliyəm", – ingilis düşündü və dəvələrin iyi bu dəqiqələrdə ona o qədər də dözülməz gəlmədi.

Bu vaxt belinə yol çantası bağlamış gənc ərəb yaxınlaşdı və onunla salamlaşdı.

– Siz hara gedirsiniz? – soruşdu.

– Səhraya, – ingilis cavab verdi və yenə oxumağa davam etdi.

Onun söhbət etməyə vaxtı yox idi: on il ərzində öyrəndiklərini xatırlamalıydı; kimyagər onun biliyini yoxlaya bilərdi.

Bu arada gənc çantasından kitab çıxartdı və o da oxumağa başladı. İngilis kitabın ispanca olduğunu gördü. "Bu yaxşı oldu", – düşündü, çünki ərəbcəyə nisbətən ispan dilində daha yaxşı bilirdi. Əgər bu gənc də Əl-Fəyyuma gedirsə, boş vaxtlarda onunla söhbət etmək olar.

"Maraqlıdır, – kitabın əvvəlində olan dəfn mərasimini artıq neçənci dəfə oxuyan Santyaqo düşündü. – İki ildir ki, bu kitab mənimlədir, amma indiyə qədər bu səhifədən o yana keçə bilməmişəm".

Melhisedek şah yanında yox idi, amma yenə də diqqətini toplaya bilmirdi. Həm də qəbul etdiyi qərarın düzgün olub-olmaması haqqında fikirləşdiyi üçün diqqəti yayınırdı. Lakin anlayırdı ki, istənilən işdə qərar – yalnız başlanğıcdır. İnsan nəyisə qərara aldığı zaman sanki onu heç zaman olmadığı yerə aparacaq sürətli bir axına baş vurur.

"Xəzinə axtarmağa yollananda büllur satılan dükanda işləyəcəyimi təxmin etmirdim. Bu karvan da eləcə, mənim qərarım olsa da, onun yolu sirr olacaq qalacaq".

Onunla qarşı-qarşıya oturan avropalı da kitab oxuyurdu. Bu adam ilk baxışdan Santyaqonun xoşuna gəlmədi: oğlan baraka girəndə avropalı ona qərəzlə baxmışdı. Əlbəttə, bunu şişirtmək lazım deyildi – əgər o, söhbəti kəsməsə, dostluq edə bilərdilər. Oğlan kitabı örtdü – bu əcnəbiyə heç nə ilə oxşamaq istəmirdi. Cibindən Urim və Tumimi çıxarıb, onları atıb tutdu.

– Urim və Tumim! – avropalı birdən ucadan dedi.

Santyaqo cəld daşları gizlətdi.

– Satmıram, – dedi.

– Onsuz da baha deyillər, – əcnəbi cavab verdi. – Adi kristal daşlardır. Dünyada milyonlarla belə daş var, amma anlayan insan dərhal Urim və Tumimi tanıyır. Ancaq onları burada görəcəyimi təxmin etmirdim.

– Onları mənə şah hədiyyə edib, – oğlan cavab verdi.

Əcnəbi sanki dili tutulmuş kimi, əlləri tit-rəyə-titrəyə cibindən, eynilə Santyaqonun daşlarına oxşayan iki daş çıxardı.

– Sən şahla söhbət etmisən, – dedi.

– Yəqin ki, sən şahların çobanlarla söhbət etməsinə inanmırdın, – söhbəti davam et-dirməyə olan həvəsi yoxa çıxmışdı.

– Əksinə. Şahı dünyada ilk dəfə çobanlar tanımışlar. Ona görə də şahların çobanlarla söhbət etməsi tamamilə mümkündür, – gən-cin anlamayacağından qorxan ingilis əlavə etdi: – Bu barədə Urim və Tumimi necə əldə etməyi mənə öyrədən Bibliyada yazılıb. Al-lah yalnız bu daşlarla fala baxmağa icazə ve-rib. Kahinlər onları qızıl sinəbəndə bərki-dərdilər.

İndi Santyaqo anbara gəldiyinə artıq təəs-süflənmirdi.

– Bəlkə bu, əlamətdir, – ingilis ucadan dü-şünürmüş kimi dilləndi.

– Əlamətlər haqqında sənə kim deyib? – Santyaqonun marağı hər an artırdı.

– Dünyada hər şey əlamətdir, – jurnalı kə-nara qoyan ingilis dedi. – Çox qədim za-manlarda insanlar bir dildə danışırmışlar, sonra bu dili unutmuşlar. Bax, hər şey bir yana, mən bu Ümumi Dili axtarıram. Məhz buna görə buradayam. Mən bu Ümumi Dili bilən adamı, Kimyagəri tapmalıyam.

Anbar sahibinin gəlişi onların söhbətini kəsdi.

– Bəxtiniz gətirib, – bu, gombul ərəb idi. – Günortadan sonra karvan Əl-Fəyyuma gedəcək.

– Amma mənə Misirə getmək lazımdır!– Santyaqo ucadan dedi.

– Əl-Fəyyum Misirdə yerləşir. Sən hardansan?

Santyaqo İspaniyadan olduğunu dedi. İngilis sevindi: ərəblər kimi geyinsə də, avropalıdır.

– O, əlamətləri bəxt adlandırır, – anbar sahibi çıxdıqdan sonra ingilis dedi. – İmkanım olsaydı, "bəxt" və "təsadüf" sözləri haqqında qalın ensiklopediya yazardım. Ümumi Dil məhz bu sözlərdən ibarətdir.

Urim və Tumim daşları olan Santyaqo ilə görüşünün də adi təsadüf olmadığını əlavə etdi. Sonra gənc oğlanın Kimyagəri axtarıb-axtarmadığını soruşdu.

– Mən xəzinə axtarıram, – Santyaqo dediyinə peşman oldu.

Lakin ingilis bu sözlərə əhəmiyyət verirmiş kimi dedi:

– Hansısa mənada, elə mən də.

– Əlkimyanın nə olduğunu yaxşı bilmirəm, – Santyaqo dedi, amma bu zaman anbar sahibi onları çağırdı.

– Karvana mən bələdçilik edəcəyəm, – uzun saqqalı, qara gözləri olan bir nəfər həyətdə onlara dedi. – Mənimlə gedənlərin ölüm-dirim məsələsi mənim əlimdədir, çünki səhra – dəlisov xanım kimidir, bəzən insanların ağlını aparır.

İki yüz nəfərə yaxın insan yola çıxmağa hazırlaşırdı, dəvələrin, atların, eşşəklərin sayı isə iki dəfə çox idi. İngilisin kitab dolu bir neçə çemodanı vardı. Qadınlar, uşaqlar və kəmərlərində qılınc, bellərində tüfəng olan kişilər həyətdə toplandı. Ağız deyəni qulaq eşitmirdi, ona görə də Bələdçi sözlərini bir neçə dəfə təkrarlamalı oldu.

– Burada müxtəlif insanlar toplanıb və onlar fərqli allahlara dua edirlər. Mən isə tək Allahı tanıyıram, buna görə də Ona and içirəm ki, səhraya qalib gəlmək üçün bütün gücümlə çalışacağam. İndi isə hər kəs inandığı allahına and içsin ki, vəziyyət necə olursa-olsun, mənim dediklərimi yerinə yetirəcək. Səhrada itaətsizlik ölümə bərabərdir.

Boğuq səslər eşidildi – hər kəs öz allahına dua edirdi. Santyaqo Məsihə müraciət etdi. İngilis isə susmuşdu. Bu, lazım olduğundan uzun sürdü – insanlar göylərdən yardım və himayə istəyirdi.

Sonra şeypur səsi eşidildi və hamı yəhərləndi. Santyaqo və ingilis aldıqları dəvələrə çətinlik çəkmədən mindilər. Gənc oğlan yol yoldaşının ağır çemodanları dəvəyə yüklədiyini görüb heyvana yazığı gəldi.

– Hə, təsadüflərə inanmıram, – ingilis yarımçıq qalmış söhbəti davam etdirirmiş kimi dedi. – Məni buraya dostum gətirdi. O, ərəb dilini bilirdi və...

Onun sözləri yerindən tərpənən karvanın səs-küyündə batıb qaldı. Ancaq Santyaqo ingilisin nə demək istədiyini yaxşı bilirdi: bir-biri ilə əlaqəli olan hadisələr arasında sirli halqalar mövcuddur. Məhz bu onu çoban olmağa, eyni yuxunu iki dəfə görüb, Afrika sahillərinin yaxınlığında yerləşən şəhərə gəlməyə, burada şahla qarşılaşmağa, fırıldaqçının qurbanı olub, büllur satılan dükanda işləməyə vadar etdi...

"Öz Yolunla nə qədər uzağa getsən, bu Yol sənin həyatını daha çox müəyyənləşdirəcək" – gənc oğlan düşündü.

Karvan qərbə doğru hərəkət edirdi. Sübh tezdən yola çıxır, günortanın istisində düşərgə salıb dincəlir, yandırıcı istinin keçməsini gözləyir və sonra yenə yoluna davam edirdi. Santyaqo ingilislə az danışırdı – onun başı kitablara qarışmışdı.

Gənc oğlan onunla birlikdə səhranı keçən yoldaşlarına susaraq baxırdı. İndi onlar yolun başlanğıcındakı insanlara oxşamırdılar – o zaman qarışıqlıq hökm sürürdü: qışqırıqlar, uşaq hıçqırıqları, atların kişnərtisi tacirlərin və bələdçilərin həyəcanlı səslərinə qarışmışdı.

Burada, səhrada isə sükutu yalnız aramsız əsən küləyin vıyıltısı və heyvanların ayaqları altında qalan qumun xışıltısı pozurdu. Hətta bələdçilər də susmuşdular.

– Mən bu qumlardan dəfələrlə keçib get-mişəm, – gecə vaxtı çarvadarlardan biri di-gərinə dedi. – Amma səhra o qədər böyük və ucsuz-bucaqsızdır ki, özünü bilaixtiyar qum dənəsi hesab edirsən. Qum dənəsi isə dilsiz-ağızsızdır, laldır.

Santyaqo səhrada ilk dəfə olsa da, çarva-darın nə dediyini anlayırdı. O özü dənizə, yaxud alova saatlarla baxır, heç nə haqqında düşünmür və bir kəlmə də danışmırdı, san-ki təbiətin sonsuz gücündə əriyib gedirdi.

"Mən qoyunlardan, büllurlardan öyrən-dim, – düşündü. – İndi isə səhra məni öyrə-dəcək. O, əvvəl gördüklərimdən də qədim və müdrikdir".

Küləksə buralarda bir an da olsun sakit-ləşmirdi və Santyaqo Tarif qülləsində da-yandığı zaman onun əsməsini necə hiss et-diyini xatırladı. Elə həmin külək onun Ən-dəlüs çöllərində yem və su axtaran qoyunla-rının yununu da tərpətməliydi.

"İndi onlar daha mənim deyillər, – qəm-ginlik hiss etmədən düşündü. – Yəqin ki, məni unudub, yeni çobana öyrəşiblər. Lap yaxşı. Səyahət edən hər kəs kimi, qoyunlar da ayrılığın qaçılmaz olduğunu bilirlər".

Mahudçunun qızını xatırladı – yəqin ki, o, ərə gedib. Kimə? Bəlkə, qarğıdalı satan adama? Yaxud da oxumağı və maraqlı əhvalatlar danışmağı bacaran çobana – axı, bunları bilən təkcə Santyaqo deyil. Nədənsə bunlara əmin olması gəncə böyük təsir etmişdi: bəlkə o, Ümumi Dili anlayır və dünyadakı hər kəsin indisini və gələcəyini bilir? "Hissiyyat" – onun bu istedadını anası belə adlandırmışdı. İndi anlayırdı ki, bu – bütün insan talelərinin bir-birinə bağlı olduğu kainatın həyat selinə sürətlə dalmaqdır. Biz hər şeyi bilə bilərik, çünki hər şey artıq yazılıb.

– Maktub, – Büllur Alverçisini xatırlayan gənc dilləndi.

Qumlu səhra bəzən daşlı səhraya çevrilirdi. Əgər karvanın qarşısına qaya parçası çıxsaydı, onun ətrafına dolanıb keçirdilər, əgər daşlı sahəyə rast gəlsəydi, yola bir az aralıdan davam edirdilər; əgər qum yumşaq və xırda olsaydı, dəvələrin batıb qalmaması üçün başqa yol axtarırdılar. Bəzən qarşılarına duzlu çöllər çıxırdı – bu, nə vaxtsa buralarda gölün olduğu deməkdi, – və dəvələr şikayətlə nərildəyirdi. Çarvadarlar tələsir, onları tumarlayıb sakitləşdirir, sonra yükləri çiyinlərinə alır, yolun etibarsız hissəsini beləcə keçir və yenidən dəvələri, atları yükləyirdilər. Əgər bələdçi xəstələnsəydi, yaxud ölsəydi, onun dəvələrini kimin aparacağından ötrü püşk atardılar.

Bütün bunlar bir səbəbdən baş verirdi: karvan nə qədər istiqamətini dəyişsə də, neçə dəfə dövrə vursa da, məqsəddən yayınmadan hərəkət edirdi. Karvan maneələri dəf edərək, vahənin yerini göstərən ulduza doğru yenidən irəliləyirdi. Sübh səmasında parıltını görən insanlar bilirdi ki, ulduz onları sərinliyin, suyun, palmaların, qadınların olduğu yerə aparır. Təkcə kitablardan ayrılmayan ingilis buna diqqət etmirdi.

İlk günlərdə Santyaqo da oxumağa cəhd etmişdi. Lakin sonra anladı ki, ətrafa baxmaq və küləyin səsini dinləmək daha maraqlıdır. O öz dəvəsini anlamağı öyrəndi, ona bağlandı və sonra kitabı tamamilə atdı.

Əvvəlki kimi, hər dəfə kitabı açdıqda maraqlı bir şeyə rast gələcəyinə inansa da, onun əlavə yük olduğunu başa düşdü.

Yanaşı gedən çarvadarla dostlaşdı. Axşamlar düşərgə salıb, tonqal yandıranda Santyaqo ona çoban həyatından maraqlı əhvalatlar danışırdı.

Bir dəfə çarvadar özü haqqında danışmağa başladı.

– Mən Əl-Qayrumun yaxınlığındakı kiçik kənddə yaşayırdım. Evim və bağım vardı, uşaqlarım vardı, ölənə qədər belə yaşamağa razıydım. Bir dəfə, məhsul bol olanda, qazandığımız pullarla ailəlikcə Məkkəyə getdik – beləcə, mən dindar kimi öz borcumu yerinə yetirmişdim və artıq təmiz vicdanla ölə bilərdim. Hər şeydən razıydım.

Lakin yer titrədi, zəlzələ oldu, Nil öz sahilindən çıxdı. Əvvəllər mənə aid olmadığını düşündüyüm şeylər indi mənə də toxundu. Qonşularım zeytun ağaclarının məhv olacağından qorxurdu, arvadım uşaqlara görə təşviş içindəydi. Mən əldə etdiyimiz, qazandığımız hər şeyin məhv olmasına dəhşətlə baxırdım.

Bundan sonra torpaq məhsul vermədi – başqa yolla dolanışığımızı saxlamağa məcbur idim. Beləcə çarvadar oldum. Bu vaxt Allah kəlamının mənası mənə aydın oldu: müəmmalardan qorxmaq lazım deyil, çünki hər kəs istədyini, ehtiyacı olduğunu əldə edə bilər.

Biz hamımız əldə etdiklərimizi itirməyə qorxuruq – fərqi yoxdur, bunlar əkib-biçdiklərimiz, yaxud həyatımızın özü olsun. Amma həm öz tarixçəmizin, həm dünya tarixinin bir əldən yazıldığını anlasaq, bu qorxu keçib gedər.

Bəzən iki karvan rastlaşırdı. Hələ elə hal olmamışdı ki, bir karvanın ehtiyacı olduğu şey başqa yolçularda tapılmasın. Sanki doğrudan da dünyada hər şey bir əl tərəfindən yazılmışdır. Carvadarlar bir-birinə tozlu fırtınalardan danışır və tonqalın ətrafında oturaraq səhranın şıltaqlıqlarını müşahidə edirdilər.

Hərdən tonqalın yanına karvanın getdiyi yolu dəqiqliklə bilən əsrarəngiz bədəvilər də gəlirdi. Onlar quldurların və vəhşi qəbilələrin hücumundan harada və necə yayınmağı xəbər verir, sonra isə sükut içində gecənin qaranlığında yoxa çıxırdılar.

Belə axşamların birində çarvadar Santyaqo və ingilisin yandırdığı tonqala yaxınlaşdı.

– Şayiə gəzir ki, qəbilələr arasında müharibə başlayıb.

Sükut çökdü. Heç kim bir kəlmə də danışmadı, amma Santyaqo sanki havada asılı qalmış təşvişi hiss edirdi. O, bir daha sözsüz Ümumi Dili anladığına əmin oldu.

Bunun təhlükəli olub-olmadığını soruşan ingilis sükutu pozdu.

– Səhrada geriyə yol yoxdur, – çarvadar cavab verdi. – Deməli, biz yalnız irəliyə getməliyik. Qalan şeyləri Allah özü həll edəcək, bəlanı bizdən O uzaqlaşdıracaq, – və sirli sözü əlavə etdi: – Maktub.

– Sən nahaq yerə karvana diqqət yetirmirsən, – carvadar uzaqlaşandan sonra Santyaqo ingilisə dedi. – Bax, o nə qədər dövrə vursa da, yolunu dəyişsə də, mənzilindən yayınmadan irəliləyir.

– Sən isə nahaq yerə dünya haqqında oxumursan, – ingilis cavab verdi. – Kitablar müşahidəni əvəzləyir.

İnsanlar və heyvanlar indi daha sürətlə gedirdilər. Əgər əvvəl onlar gündüzləri sükut içində keçirib, gecələr düşərgə salaraq, tonqal ətrafında söhbət edirdilərsə, indi gecələrə də sakitlik çökmüşdü. Daha sonra Bələdçi diqqət cəlb etməmək üçün tonqal yandırmağı da qadağan etdi.

Yolçular soyuqdan qorunmaqdan ötrü atları və dəvələri dairəvi şəkildə düzür, özləri isə ortada uzanıb yatırdılar. Bələdçi düşərgəni mühafizə edən silahlı növbətçilər də təyin etmişdi.

Bir gecə ingilis yuxuya gedə bilmədi. Santyaqonu çağırdı, düşərgənin yanında gəzişməyə başladılar. Aylı gecə idi, Santyaqo başına gələn bütün əhvalatları ingilisə danışdı.

Büllur ticarəti ilə məşğul olan dükanın inkişafına gəncin səbəb olması ingilisi heyrətə salmışdı.

– Dünyanı hərəkətə gətirən budur, – dedi. – Əlkimyada bu, Dünyanın Ruhu adlanır. Sən haçan bütün qəlbinlə nəsə arzulasan, Dünyanın Ruhuna daxil olursan. Burada isə böyük qüvvə toplanmışdır.

Və bu təkcə insanlara xas deyil – dünyada mövcud olan hər şeyin – daşların, bitkilərin, heyvanların, hətta idrakın da ruhu vardır.

– Yer üzündə olan hər şey daim dəyişir, çünki yer özü də canlıdır və ruha malikdir. Biz hamımız bu Ruhun bir parçasıyıq, amma onun xeyrimizə çalışdığını özümüz bilmirik. Ancaq sən, dükanda işləyərkən anlamalıydın ki, hətta büllur da sənin uğur qazanmağına kömək etmişdir.

Santyaqo susmuşdu, gah aya, gah da ağ quma baxa-baxa dinləyirdi.

– Mən karvanın səhradan necə keçib-getməsini gördüm, – nəhayət dilləndi. – Səhra onunla eyni dildə danışır, buna görə də irəliləməsinə icazə verir. Səhra onun hər addımını yoxlayıb sınağa çəkir və özü ilə karvanın uyğunluğuna əmin olduqda, onu vahəyə buraxacaq. Kim cəsarətlidirsə, amma bu dili bilmirsə, yolun ilk günündəcə həlak olacaq.

İndi hər ikisi aya baxırdı.

– Bu elə əlamətlərin magiyasıdır, – Santyaqo davam etdi. – Bələdçilərin səhra əlamətlərini necə oxuduqlarını mən görürəm – səhra ruhu karvanın ruhu ilə belə danışır.

Araya çökən uzun sükutu ingilis pozdu:

– Karvana diqqət yetirməm lazımdır.

– Mənsə sənin kitablarını oxumalıyam, – gənc cavab verdi.

Qəribə kitablar idi. Burada civə və duzlardan, əjdaha və şahlardan bəhs edilirdi, amma Santyaqo nə qədər səy göstərsə də, heç nə başa düşmürdü. Lakin bütün kitablarda təkrar olunan bir fikri anlamışdı: dünyada hər şey vahidin müxtəlif təzahürləridir.

Kitabların birindən öyrəndi ki, əlkimya haqqında mühüm məlumatlar zümrüd üzərində bir neçə sətirdə yazılıb.

– Bu, "Zümrüd lövhə" adlanır, – öz yoldaşına nəsə öyrətdiyindən qürur duyan ingilis dedi.

– Bəs, onda bu qədər kitab nəyə lazımdır?

– Həmin bir neçə sətiri anlamaq üçün, – ingilis tərəddüdlə dedi.

Məşhur kimyagərlər haqqındakı kitab Santyaqonu daha çox maraqlandırdı. Onlar öz həyatlarını laboratoriyada metalların təmizlənməsinə həsr edən adamlar idi: inanırdılar ki, hər hansı metalı uzun illər boyunca

110

təmizləməyə davam etsələr, onda bu metal yalnız özünə aid olan xüsusiyyətləri itirər və Dünya Ruhuna malik olar. Bu zaman alimlər yer üzündə mövcud olan istənilən əşyanın mənasını dərk edə bilər, zira Dünya Ruhu əşyaların bir-biri ilə danışdığı yeganə dildir. Kimyagərlər bunu Böyük Yaradılış adlandırırlar, o iki ünsürdən ibarətdir: bərk və maye.

– Məgər bu dili anlamaq üçün insanları və əlamətləri öyrənmək kifayət deyilmi? – Santyaqo soruşdu.

– Sən hər şeyi sadələşdirməyi çox sevirsən! – ingilis acıqla dilləndi. – Əlkimya ciddi elmdir. Müdriklərin təliminə görə, bu elm hər bir addımın atılmasını tələb edir.

Gənc oğlan öyrəndi ki, Böyük Yaradılışın maye elementi Əbədi Həyat İksiri adlanır: o, kimyagərlər əsrini uzatmaqdan başqa, bütün xəstəliklərin dərmanıdır. Bərk element isə Fəlsəfə Daşıdır.

– Onu tapmaq asan deyil, – ingilis dedi. – Kimyagərlər illərlə öz laboratoriyalarında oturub metalın necə təmizləndiyini izləyirlər, uzun müddət alova baxaraq dünyanın hər cür qayğısından xilas olur və gözəl bir gündə görürlər ki, metalı təmizləyə-təmizləyə özləri də paklaşıblar.

Bu zaman Santyaqo Büllur Tacirinin sözlərini xatırladı. O deyirdi ki, stəkanları yuyanda öz ruhunu da hər cür çirkdən təmizləyirsən. Gənc oğlan zaman keçdikcə əlkimyanı gündəlik həyatda da öyrənməyin mümkün olduğunu qət edirdi.

– Bundan başqa, – ingilis davam etdi, – Fəlsəfə Daşı möcüzəvi xassəyə malikdir: onun bir zərrəsi ilə istənilən miqdarda istənilən metalı qızıla çevirmək mümkündür.

Bunu eşidən Santyaqo əlkimya ilə daha çox maraqlanmağa başladı. Düşündü ki, bir az səbr edilsə, hər şeyi qızıla çevirmək olar. O, bunu bacaran adamların -Helvetsinin, Eliasın, Fulkanellinin, Heberin tərcümeyi-halını oxumuş və heyrətə düşmüşdü. Bu insanlar Öz Yollarını sona qədər getməyə nail olublar. Onlar dünyanı səyahətə çıxıblar, müdriklərlə görüşüblər, tərəddüd edən insanları inandırmaq üçün möcüzələr göstəriblər, Fəlsəfə Daşına və Əbədi Həyat İksirinə yiyələniblər.

Santyaqo Böyük Yaradılışın nə olduğunu kitablardan anlamağa çalışanda dalana dirənirdi – burada qəribə rəsmlər, anlamsız mətnlər, şifrələnmiş göstərişlər vardı.

– Onlar niyə belə qəliz yazırlar? – bir dəfə axşam kitablarından məhrum olduğuna görə kədərlənən ingilisdən soruşdu.

– Çünki yalnız bunun məsuliyyətini dərk edən adamlar onları anlaya bilər, – ingilis cavab verdi. – Hamı qurğuşunu qızıla çevirməyi bacarsa, təsəvvür et ki, nə baş verə bilər. Tezliklə qızıl öz dəyərini itirər. Yalnız inadkar və elmli insanlara Böyük Yaradılışın sirri agah olur. Mən isə müəmmalı yazıların şifrəsini açmaqda kömək edəcək əsil kimyagərlə görüşmək üçün səhralara düşdüm.

– Bəs, bu kitablar nə vaxt yazılıb?

– Çox-çox əsrlər qabaq.

– O vaxtlar tipoqraf dəzgahları hələ yox idi, – Santyaqo etiraz etdi. – Onsuz da əlkimyanı öyrənmək hər adamın işi deyil. Bütün bunlar niyə müəmmalı dillə, sirli rəsmlərlə qələmə alınıb?

İngilis cavab vermədi. Yalnız bir qədər susduqdan sonra əlavə etdi ki, neçə gündür, karvanı diqqətlə müşahidə edir, lakin yeni heç nə görməyib. Səyahətçilər təkcə qəbilələr arasındakı müharibədən daha tez-tez danışmağa başlayıblar.

Günlərin birində Santyaqo ingilisin kitablarını geri qaytardı.

– Hə, sən bunlardan nə anladın? – ingilis ümidlə soruşdu: o, həyəcanını yatırmaq üçün kiminləsə söhbət etmək istəyirdi.

– Anladım ki, dünyanın ruhu var və kim bu ruhu dərk etsə, mövcud olan hər şeyin dilini başa düşər. Bir də onu anladım ki, kimyagərlərin çoxu Öz Yolunu tapıb Dünya Ruhunu, Fəlsəfə Daşını və Əbədi Həyat İksirini kəşf etmişlər, – gənc oğlan dedi və özlüyündə bunları düşündü: "Ən əsası isə anladım ki, bütün bunlar çox sadə olduğundan, zümrüd lövhədə yerləşə bilirlər".

İngilis məyus oldu. Nə magik simvollar, nə müdrik sözlər, nə kolbalar – Santyaqoya heç bir şey təsir etməmişdi. "O, bunları anlamaq üçün çox primitivdir", – ingilis düşündü. Kitablarını çemodana yığıb, dəvəyə yüklədi.

– Öz karvanını öyrən, – o dedi. – Mənim kitablarımın sənə xeyri olmadığı kimi, onun da mənə elə bir xeyri dəymədi.

Santyaqo yenə də gözlərini sükut içində olan səhraya dikdi və dəvənin ayaqları altında əzilən qum dənəciklərinə baxdı. "Öyrənmək üçün hər kəsin öz üsulu var, – düşündü. – Mənim üsulum ona, onun üsulu isə mənə yaramaz. Lakin biz hər ikimiz Öz Yolumuzu axtarırıq və mən buna görə ona hörmət edirəm".

Karvan gecələr də yol gedirdi. Zaman-zaman bədəvilər görünür, Bələdçiyə nə isə xəbər verirdilər. Santyaqo ilə dostlaşmış çarvadar qəbilələr arasında müharibənin başladığını dedi. Əgər karvan vahəyə çata bilsə, bu böyük uğur olacaq.

Dəvələr və atlar əldən düşmüşdü, insanlar daha çox susqunluq içindəydi, əvvəllər adi hesab edilən at kişnərtisi, yaxud dəvə fınxırtısı gecənin səssizliyində hamını qorxuya salırdı, çünki bu, düşmənin yaxınlaşdığını bildirən əlamət ola bilərdi.

Amma çarvadarı yaxınlıqda olan təhlükə qorxutmurdu.

– Mən yaşayıram, – bir dəfə ayın çıxmadığı və tonqalların yandırılmadığı gecədə o, Santyaqoya dedi. – Bax, mən xurma yeyirəm və deməli, başqa bir şeylə məşğul deyiləm. Gedirəmsə, deməli yalnız gedirəm, başqa heç nə etmirəm. Əgər döyüşmək lazım gələcəksə, onda başqa günlər kimi, həmin gün də ölmək üçün əlverişli olacaq. Çünki mən nə keçmişdə, nə də gələcəkdə yox, indi yaşayıram və məni yalnız bu an maraqlandırır. Əgər sən həmişə indidə qala bilsəydin, onda ən xoşbəxt adam olardın. Sən onda səhranın cansız olmadığını, səmada ulduzların parladığını və döyüşçülərin vuruşduğunu anlayardın. Çünki bunu onlardan mənsub olduqları insan nəsli tələb edir. Belə olsaydı, həyat əbədi bayrama çevrilərdi, çünki onda indiki andan başqa heç nə olmamışdır.

İki gündən sonra yolçular gecələməyə hazırlaşanda Santyaqo vahənin yolunu göstərən ulduza baxdı. Ona elə gəldi ki, üfüq xətti aşağı düşüb – səhra üzərindəki səmada yüzlərlə ulduz parlayırdı.

– Bax, ora vahədir, – çarvadar dedi.

– Bəs, onda nə üçün ora getmirik?

– Çünki yatmalıyıq.

Günəş doğanda Santyaqo gözlərini açdı. Gecə ulduzların göründüyü yerdə indi yulğun kolları uzanırdı.

– Biz çatmışıq! – indicə yuxudan oyanan ingilis bərkdən dedi.

Santyaqo susdu. O bunu səhrada öyrənmişdi və indi sadəcə ağaclara baxmaq ona kifayət edirdi. Piramidalar hələ uzaqdaydı. Nə vaxtsa bu səhər də onun üçün xatirəyə çevriləcək. Lakin indi bu anla yaşayır və çarvadarın məsləhət etdiyi kimi sevinirdi və bu anı keçmişin xatirələri, gələcəyin arzuları ilə bağlamaq istəyirdi. Hə, nə vaxtsa bu yulğunluq xatirəyə çevriləcək, amma indi o, sərinlik, su və təhlükəsizlik demək idi. Gecə dəvələrin çığırtısı düşmənin yaxınlıqda olduğunu xəbər verirdisə, yulğun kolları da qurtuluşun əlaməti idi.

"Dünya çox dildə danışır", – Santyaqo düşündü.

"Zaman sürətlə keçəndə karvan da ad-
dımlarını yeyinlədir", – Kimyagər vahəyə
doluşan yüzlərlə insan və heyvana baxaraq
düşündü. Sakinlərin və yeni gələnlərin qış-
qırıqları eşidilirdi, toz dumanı günəşin qar-
şısını kəsmişdi, yad adamlara baxan uşaqla-
rın səs-küyü aləmi başına götürmüşdü.
Kimyagər, qəbilə rəhbərlərinin Bələdçiyə tə-
rəf yaxınlaşdıqlarını və onunla uzun-uzadı
söhbət etdiklərini gördü.

Bunlar onu maraqlandırmırdı. Buraya
çox insan gəlib-gedib, amma vahə və səhra
əbədi və dəyişməz olaraq qalır. O, küləyin
iradəsi ilə öz formasını dəyişsə də, yenə əv-
vəlki kimi qalan bu qumlara şahın da, nökə-
rin də ayaq basdığını görmüşdü. Buna bax-
mayaraq, göy səmanı və sarı qumları əvəz-
ləyən yaşıl yulğunluq qarşısında hər bir sə-
yahətçinin keçirdiyi sevinc hissi ona da sira-
yət etmişdi. "Bəlkə də Allah səhranı ona gö-
rə yaradıb ki, insan ağaclara baxıb gülümsə-
sin", – o düşündü.

Sonra isə daha çox praktiki məsələlərə
fikrini cəmləməyi qərara aldı. O bilirdi, əla-
mətlər ona demişdi – bu karvanla elə bir

118

adam gələcək ki, Kimyagər öz gizli elminin bir hissəsini ona öyrətməlidir. Kimyagər bu adamı tanımasa da təcrübəli baxışları ilə onu kütlənin içindən seçə biləcəyinə əmin idi və ümid edirdi ki, o, öz sələfindən pis olmayacaq.

"Yalnız bir şeyi anlamıram, bildiklərimi niyə onun qulağına pıçıldamalıyam", – Kimyagər düşündü. Əlbəttə, bunlar sirr olduğuna görə deyil, çünki Allah bütün möcüzələrində onları üzə çıxarır.

Kimyagər buna bir izah tapa bilirdi: ötürülməli olan şey sözlərlə, yaxud rəsmlərlə təsvir edilməsi çətin olan Saf Həyatın məhsuludur. Çünki insanlar, sözlərə və rəsmlərə aludə olaraq, sonunda Ümumi Dili unutmağa meyllidir.

Yeni gələnləri yubanmadan yerli qəbilə rəhbərlərinin yanına apardılar. Santyaqo gözlərinə inanmırdı: vahə – tarix kitablarında yazıldığı kimi iki-üç palma ağacından və su quyusundan ibarət deyildi, ispan kəndlərindən dəfələrlə böyük idi. Burada üç yüzə yaxın quyu, əlli min palma ağacı vardı, onların arasında isə sonsuz sayda müxtəlif rəngli çadırlar qurulmuşdu.

– "Min bir gecə", – Kimyagərlə tez bir zamanda görüşmək istəyən ingilis dedi.

Onları dəvələrə, atlara və insanlara maraqla baxan uşaqlar əhatəyə aldılar. Kişilər yolçuların müharibə görüb-görmədiklərini soruşur, qadınlar isə tacirlərin hansı ipəkdən gətirdiklərini bilmək istəyirdilər. Səhranın sükutu keçmişdə qalmış yuxu kimiydi – hər tərəfdə söhbətlər gedir, gülüş və qışqırıqlar eşidilirdi və sanki yolçular əvvəl cisimsiz ruh imişlər, indi yenidən ət və sümükdən olan insana çevrilmişdilər. Onlar razı və xoşbəxt idilər.

Çarvadar Santyaqoya izah etdi ki, vahələr heç vaxt kiminsə mülkü olmayıb, çünki burada əsasən qadınlar və uşaqlar məskunlaşırlar. Hesab edilirdi ki, onlar heç kimin tərəfini tutmazlar, ona görə də döyüşçülər vahələri sığınacaq kimi saxlayar və bir-biri ilə səhrada müharibə edərdilər.

Bələdçi çətinlik çəkmədən hamını bir yerə toplayıb elan etdi ki, qəbilələr arasında müharibə bitməyənə qədər karvan vahədə qalacaq; yolçular, Qanunun əmr etdiyi kimi, yerli sakinlərin çadırlarında rahatlanacaqlar. Bundan sonra o, kimin silahı varsa, təhvil verməsini xahiş etdi. Gecələr karvanı mühafizə edənlər də istisna deyildilər.

– Müharibənin qanunu belədir, – izah etdi. – Vahə əsgər və döyüşçüləri qəbul edə bilməz.

İngilis cibindəki tapançanı çıxarıb silah toplayana verdikdə Santyaqo çox təəccübləndi.

– Tapança nəyinə lazımdır? – gənc soruşdu.

– İnsanlara etibar etməyi öyrənmək üçün, – ingilis cavab verdi: o, axtardığını tezliklə tapacağına görə çox razı görünürdü.

Santyaqo isə öz xəzinəsi haqqında düşünməyə başladı. Arzusunu həyata keçirməyə yaxınlaşdıqca daha çox çətinliklərlə rastlaşırdı. Qoca şah Melhisedekin dediyi "naşıların bəxti gətirir" sözü daha keçmirdi, amma Santyaqo anlayırdı ki, indi Öz Yolunu axtaran insanın inad və cəsarəti özünü göstərir. Buna görə də nə tələsə, nə də səbrini itirə bilməzdi, yoxsa Allahın qoyduğu əlamətləri görməyəcəkdi.

"Allahın qoyduğu əlamətlər", – bu fikirdən təəccüblənərək öz-özünə təkrar etdi. İndiyə qədər ona elə gəlirdi ki, bu əlamətlər – aclıq və susuzluq kimi, iş, yaxud məhəbbət axtarışı kimi, dünyanın bir hissəsidir. Düşünmürdü ki, bu, Allahın ondan nə istədiyini göstərmək üçün danışdığı dildir.

"Tələsmə, – öz-özünə dedi. – Çarvadarın dediyi kimi, yemək vaxtı ye, yolun zamanı gələndə isə yola düş".

Birinci gün ingilis də daxil omaqla, hər kəs onun yolundan çəkildi. Santyaqonu yaşıdları olan beş nəfərlə birlikdə çadırda yerləşdirdilər. Onların hamısı yerli idi və buna görə də insanların böyük şəhərlərdə necə yaşadıqlarını öyrənməyə həvəsliydilər.

Santyaqo bu gənclərə qoyun otarmağından danışdı, büllur dükanındakı işindən bəhs etmək istəyirdi ki, ingilis çadıra girdi.

– Səhərdən səni axtarıram, – Santyaqonu çölə çıxararaq dedi. – Mənə lazımsan. Kimyagəri tapmağa yardım et.

İki gün Kimyagəri axtardılar. Onun başqaları kimi yaşamadığını və ehtimal ki, çadırında həmişə ocaq yandığını düşünürdü-

122

lər. Vahəni başdan-başa gəzir və onun nə qədər böyük olduğunu indi anlayırdılar.

– Bütün günümüz hədər getdi, – quyunun yanında oturan ingilis dedi.

– Onun haqqında soruşmaq lazımdır, – Santyaqo cavab verdi.

Lakin ingilis tərəddüd edirdi, onun üzə çıxmasını istəmirdi. Çarəsizlikdən razılaşdı və ərəbcə yaxşı danışan Santyaqodan xahiş etdi ki, Kimyagər haqqında məlumat toplasın. Gənc oğlan quyudan su götürməyə gələn qadına tərəf döndü.

– Salam. Bilmirsiniz, Kimyagəri necə tapmaq olar?

Qadın bu haqda heç zaman eşitmədiyini deyib, dərhal uzaqlaşdı. Həm də cavab verməzdən əvvəl Santyaqoya xəbərdarlıq etdi ki, adət-ənənələrə hörmət etməlidir və qara geymiş ərli qadınlarla danışmamalıdır.

İngilisin məyusluğunun həddi-hüdudu yox idi. Bu qədər uzun yolu boş yerə qət etmək! Gənc oğlan da onun üçün kədərlənmişdi – axı, ingilis Öz Yolunu axtarırdı. Bu vəziyyətdə, Melhisedekin dediyinə görə,

Kainat insanın uğur qazanması üçün hər şey edir. Doğrudanmı qoca şah səhv edib?

– Əvvəllər heç zaman kimyagərlər haqqında eşitməmişəm, – dedi. – Yoxsa sənə kömək etməyə çalışardım.

İngilisin gözləri parıldadı.

– Hə, əlbəttə! – ucadan dedi. – Burada onun Kimyagər olduğunu heç kəs bilmir! Hər cür xəstəliyi sağalda bilən adam haqqında soruşmaq lazımdır!

Quyunun başına qara paltarlı bir neçə qadın yığışdı, lakin ingilis nə qədər xahiş etsə də Santyaqo onlara sual vermədi. Nəhayət, bir kişi göründü.

– Burada bütün xəstəlikləri sağalda bilən bir adam tanıyırsınızmı? – gənc oğlan soruşdu.

– Bütün xəstəlikləri yalnız Allah sağaldır, – kişi təşvişlə yadellilərə baxaraq cavab verdi. – Siz cadugərləri axtarırsınız?

O, "Quran"dan bir neçə surə deyib, yoluna davam etdi.

Bir müddətdən sonra başqa kişi quyuya yaxınlaşdı; yaşlı idi, əlində vedrə vardı. Santyaqo həmin sualı bu kişiyə də verdi.

– Belə insanlar nəyinizə lazımdır?

– Mənim dostum onu tapmaq üçün uzun yol gəlib.

– Əgər bizim vahədə beləsi varsa, onda o, çox qüdrətli insan olmalıdır, – bir qədər düşündükdən sonra qoca dedi. – Hətta qəbilə rəhbərləri də onu istədikləri vaxt görə bilməzlər. Yalnız o özü istəsə, qəbilə rəhbərləri ilə görüşər. Müharibənin bitməsini gözləyin, sonra buradan çıxıb gedin. Bizim vahənin həyatına burnunuzu soxmayın, – deyib getdi.

İngilis izə düşdüyünü hiss edərək çox sevindi.

Nəhayət, quyunun yanına qara geyimli subay qadın və çiynində kuzə tutmuş qız yaxınlaşdı. Onun başında şal vardı, amma üzü açıqdı. Santyaqo ondan Kimyagər haqqında soruşmağı qərara aldı və yaxına gəldi.

Bu an sanki zaman durdu və Dünya Ruhu bütün qüdrəti ilə onun qarşısında dayandı. Bu qızın qara gözlərinə, gülümsəməkmi, yoxsa yumulub qalmaqmı – deyə tərəddüd edən dodaqlarına baxan Santyaqo bir anda dünyanın danışdığı, insan qəlbinin dərk et-

diyi həmin dilin ən mühüm, ən müdrik his-
səsini anladı. O, Məhəbbət adlanır; o, insan
nəslindən də, səhradan da qədimdir. Kişi və
qadın gözləri bir-birinə baxanda o, zühur
edir. İndicə, quyunun yanında bu baş ver-
mişdi. Axır ki, qızın dodaqları gülümsəmə-
yi qərara aldı. Bu işarə idi, Santaqonun özü
də bilmədən uzun müddət gözlədiyi, öz qo-
yunlarında və kitablarda, büllurda və səhra-
nın sükutunda axtardığı həmin əlamət idi.

Bu, tərcüməyə və izaha ehtiyacı olmayan,
– ki, sonsuzluğa doğru gedən Kainat da
bunlara ehtiyac duymadığı kimi, – saf və
anlaşılan bir dil idi. Santyaqo həmin an yal-
nız bir şeyi anladı: öz adaxlısının qarşısında
dayanıb və qız da sözsüz bunu başa düşmə-
lidir. O, hətta valideynlərinin kim olduğuna
tərəddüd edərdi, amma bunun belə olacağı-
na tamamilə əmin idi. Düzdür, valideynləri
yəqin deyəcəkdilər ki, əvvəlcə sevmək, son-
ra nişanlanmaq, qızı bir insan kimi yaxın-
dan tanımaq, pul toplamaq və bütün bun-
lardan sonra evlənmək lazımdır. Amma bu
cür məsləhət verən adam Ümumi Dili bil-
mir, zira bu dilə baş vuranda aydın olur ki,

səhranın ortasındamı, yoxsa böyük şəhərdə-mi, fərqi yoxdur – həmişə bir insan digərini axtarır və gözləyir. Bu iki nəfərin yolları kə-sişəndə, gözləri baxışanda keçmiş də, gələ-cək də öz mənasını itirir, yalnız bircə o an, o dəqiqə mövcud olur və dünyadakı hər şeyin bir əllə yazıldığına inanırsan. Bu əl qəlbində məhəbbət yaradır və sənin üçün əkiz ruhu axtarır; işlədiyindən, dincəldiyindən, yaxud xəzinə axtardığından asılı olmayaraq, bu hər kəs üçün belədir. Yoxsa insan nəslini ağuşuna almış arzuların heç bir mənası ol-mazdı.

"Maktub", – gənc düşündü.

İngilis yerindən qalxdı və Santyaqonun çiyinlərindən yapışıb silkələdi:

– Hə, nə oldu, soruşsana!

Santyaqo qıza yaxınlaşdı. Qız üzündə tə-bəssüm Santyaqoya tərəf çevrildi. Hər ikisi gülümsədi.

– Sənin adın nədir? – oğlan soruşdu.

– Fatimə, – qız cavab verdi.

– Mənim doğulduğum yerdə də əksər qa-dınlar bu adı daşıyır, – oğlan dedi.

– Peyğəmbərin qızının adı belə idi, – Fatimə cavab verdi. – Bizim savaşçılar bu adı uzaq-uzaq ellərə aparıb yaymışlar.

Bu, incə və kövrək qızın sözlərində qürur vardı. İngilis səbirsizcə Santyaqonu sual verməyə təhrik edirdi. Oğlan bütün xəstəlikləri sağalda bilən bir insanı tanıyıb-tanımadığını qızdan soruşdu.

– O, dünyanın bütün sirlərini bilir, səhradakı cinlərlə söhbət edir.

Cin – demon deməkdir.

Qız cənubu göstərdi – onların axtardığı adam o tərəflərdə yaşayırdı, sonra kuzəyə suyu doldurub getdi.

İngilis Kimyagəri axtarmağa yollandı. Santyaqo isə uzun müddət quyunun yanında oturub düşündü ki, hələ vətəndə ikən, nə vaxtsa şərq küləyi bu qadının qoxusunu özü ilə gətirmişdi. Santyaqo bu qızın var olub-olmadığını bilmədən onu sevmişdi və bu məhəbbət, əlbəttə ki, bütün yer xəzinələrindən dəyərlidir.

Səhəri gün quyunun yanına gəlib, qızı gözləməyə başladı. Lakin burada, ingilisi ilk dəfə səhraya baxan görüb təəccübləndi.

– Mən hava qaralıncaya qədər gözlədim, – dedi. – Ulduzlar çıxan kimi o da göründü. Ona nə axtardığımı dedim. O isə soruşdu ki, qurğuşunu qızıla çevirə bilmişəmmi? Cavab verdim ki, elə bunu öyrənmək istəyirəm. O, mənə bir də yoxlamağı məsləhət gördü. Belə də dedi: "Get və bir də yoxla".

Santyaqo susdu. İngilis bütün dünyanı buna görəmi gəzib dolaşmışdı? Bu zaman özünün də Melhisedekə qoyunlarını verib əvəzində az şey aldığını xatırladı.

– Belədirsə, yoxla! – dedi.

– Mən də buna hazırlaşıram. Elə indicə başlayacağam. – İngilis getdi və tezliklə çiyninə kuzə qoymuş Fatimə göründü.

– Mən sənə bir söz demək istəyirəm, – Santyaqo dilləndi. – İş çox sadədir. İstəyirəm ki, sən mənim arvadım olasan. Mən səni sevirəm.

Heyrətdən donub qalmış Fatimə suyu dağıtdı.

– Səni burada gözləyəcəyəm. Mən piramidaların yanında gizlədilən xəzinəni tapmaq üçün səhralara düşmüşəm. Amma indi müharibə başlayıb. Əvvəlcə bunu lənətlə-

yirdim. İndi isə məni sənin yanına gətirdiyi-
niə görə ona şükr edirəm.

– Amma müharibə nə vaxtsa bitəcək axı,
– qız cavab verdi.

Santyaqo xurma ağaclarına tərəf baxdı. O,
bir vaxtlar çoban olmuşdu, bu vahədə isə
çoxlu qoyun vardı. Fatimə bütün xəzinələr-
dən qiymətlidir. Lakin qız, onun fikirlərini
oxuyurmuş kimi, əlavə etdi:

– Döyüşçülər xəzinə axtarır. Səhra qadın-
ları isə onlarla fəxr edirlər.

Sonra kuzəsinin başını doldurub getdi.

Santyaqo hər gün quyunun yanına gəlir-
di. O, Fatiməyə qoyunları necə otardığın-
dan, Melhisedeklə görüşündən, büllurla al-
ver etməsindən danışmışdı. Tədricən dost-
laşdılar. Oğlanın onunla keçirdiyi on beş
dəqiqə istisna olmaqla, hər gün bitməyəcək
kimi uzanırdı.

Ay sona çatanda Bələdçi bütün səyahətçi-
ləri topladı.

– Müharibənin nə zaman bitəcəyi məlum
deyil, – dedi. – Biz yolumuza davam edə bil-
mərik. Döyüşlər isə uzanacaq, bəlkə də bir il
davam edəcək. Düşmən qəbilələrin hər iki-

130

sində güclü və cəsur döyüşçülər var, hər kəs öz şərəfini üstün tutur və döyüşdən boyun qaçırmır. Burada yaxşılarla pislər vuruşmur, burada hakimiyyət uğrunda dava gedir; belə müharibələr başladısa, uzun müddət bitmək bilmir, çünki Allah hər iki tərəfin köməyinə çatır.

Adamlar dağılışdı. Fatimə ilə görüşən Santyaqo Bələdçinin sözlərini ona dedi.

– Bizim ilk görüşümüzdən iki gün sonra, – qız dedi, – sən məni sevdiyini dedin. Sonra isə Ümumi Dil və Dünya Ruhu kimi elə gözəl şeylər haqqında danışdın ki, mən yavaş-yavaş sənin bir hissənə çevrildiyimi anladım.

Qızın səsi Santyaqoya yulğunluq kollarında xışıldayan küləyin səsindən də gözəl gəlirdi.

– Mən çoxdan səni bu quyunun yanında gözləyirəm. Keçmişi, adətlərimizi, qız xeylağının özünü necə aparması barədə qəbiləmizin kişilərinin fikrini – hər şeyi unutmuşam. Hələ uşaqlıqdan arzu edirdim ki, səhra mənə həyatımda görmədiyim bir hədiyyə

131

gətirsin. Bax, mən hədiyyəmi aldım – bu, sənsən.

Santyaqo onun əlindən tutmaq istədi, amma Fatimə kuzədən bərk-bərk yapış-mışdı.

– Sən mənə yuxuların haqqında, qoca şah Melhisedek və xəzinələr haqqında danışdın, əlamətlər barədə dedin. İndi heç nədən qorxmuram, çünki səni mənə məhz onlar göndəriblər. Mən isə sənin arzunun, sənin Yolunun bir hissəsiyəm. Buna görə də istə-yirəm ki, sən dayanmayasan, tapmaq istədi-yini axtarmağa davam edəsən. Əgər müha-ribənin qurtarmasını gözləməyə məcbur ol-san, bu, qorxulu deyil. Amma tez getsən, Öz Yolunu axtarmağa başla. Külək qum təpələ-rinin formasını dəyişdirsə də, səhra əvvəlki kimi dəyişilməz qalır. Bizim məhəbbətimiz də əvvəlki kimi qalacaq.

Maktub. Əgər mən sənin Yolunun bir his-səsiyəmsə, nə vaxtsa yanıma qayıdacaqsan.

Bu söhbət Santyaqonu məyus etdi. Gənc oğlan yol gedə-gedə çoban dostlarının uzaq otlaqlara getməzdən qabaq öz arvadlarına nə qədər dil tökdüklərini xatırlayırdı. Məhəbbət – sevdiyinin yanında olmağı tələb edir.

O, səhəri gün bu barədə Fatiməyə danışdı.

– Səhra bizim kişiləri aparır və bəzən geri qaytarmır, – qız cavab verdi. – Biz buna alışmışıq. Onlar bütün bu zaman ərzində bizimlədir: onlar – yağış verməyən buludlardır, daşların arasında gizlənmiş heyvanlardır, torpaqdan çıxan sudur. Onlar tədricən bütün aləmin hissəsinə çevrilirlər və Dünya Ruhuna qərq olurlar.

Qayıdanlar da olur. Bu zaman bütün qadınlarımız bayram edir, çünki onların da kişiləri nə vaxtsa evlərinə dönəcəklər. Mən əvvəl bu qadınlara paxıllıq edərdim. İndi mənim də gözləyəcəyim adam var.

Mən səhra qadınıyam və bununla fəxr edirəm. İstəyirəm ki, ərim də qumu sovuran küləklər kimi iradəli olsun; İstəyirəm ki, o da buludlardan, vəhşi heyvanlardan və sudan ayrılmaz olsun.

Santyaqo ingilisi axtarmağa yollandı; ona Fatimə haqqında danışmaq istəyirdi, amma gördü ki, ingilis çadırın qarşısında ocaq yandırıb, üstünə də şüşə qab qoyub. Santyaqo təəccübləndi. İngilis ocağa çör-çöp atıb alovlandırır və səhraya tərəf baxırdı. Onun gözlərində kitab oxuyan günlərində olmayan bir parıltı vardı.

– Bu, işin birinci mərhələsidir, – Santyaqoya izah etdi. – Təmiz olmayan kükürdü ayırmaq lazımdır. Əsas odur ki, bir şey alınmayacağından qorxmayasan. Bax, mən qorxurdum və bu günə qədər Böyük Yaradılış üzərində çalışa bilmirdim. Bunu on il əvvəl də edə bilərdim. Xoşbəxlik ondadır ki, iyirmi il yox, on il gözləmişəm.

O, yenə ocağa çör-çöp atıb, səhraya baxmağa davam elədi. Batan günəşin şüaları qumluğu çəhrayı rəngə boyayana qədər Santyaqo onunla oturdu. Bu zaman özündə səhraya getmək arzusu hiss etdi: qoy, səhranın sükutu onun suallarına cavab verməyə cəhd etsin.

Uzun müddət səhranı gəzib-dolaşdı. Vahəni itirməmək üçün hərdən dönüb xurma ağaclarına baxırdı. Küləyin səsini eşidir, ayaqları altındakı daşı hiss edirdi. Bəzən qarşısına balıqqulağı da çıxırdı – qədim zamanlarda bu səhranın yerində yəqin ki, də-

134

niz olmuşdu. Sonra daşın üstündə oturub, məftun baxışlarla üfüqə doğru baxdı. O, qadına sahib olmadan məhəbbət təsəvvür etmirdi, amma Fatimə səhrada doğulmuşdu, bunu da ona yalnız səhra öyrədə bilərdi.

Başının üstündəki çırpıntını hiss edənə qədər heç nə düşünmədən beləcə oturdu. Gözünü qaldırıb səmaya baxdı və yüksəklikdə uçan iki qırğı gördü.

Santyaqo onların səmada dövrə vurmasına uzun müddət baxdı. Qırğılar sanki mənasız və məqsədsiz uçurdu, amma oğlan onların uçuşunda anlaya bilmədiyi bir məna görürdü. Onların bütün hərəkətlərini izləməyi qərara aldı – bəlkə, bu zaman onların dilini başa düşəcək; bəlkə, bu zaman səhra – qadına sahib olmadan məhəbbətin nə olduğunu ona anladacaq.

Birdən yuxusu gəldi. Qəlbi sanki "sən Ümumi Dili dərk etməyə yaxınsan, bu diyarda hər şeyin, hətta qırğıların uçuşunun da mənası var" – deyərək, yuxuya müqavimət göstərirdi. Santyaqo qəlbi məhəbbətlə dolduğu üçün taleyinə şükr etdi. "İnsan sevəndə hər şeyin mənası olur" – düşündü.

Bu an qırğılardan biri digərinin üstünə şığıdı və oğlan bir anlıq qarabasma gördü: əllərində qılınc olan döyüşçülər vahəyə girirdi. Dərhal da qeyb olan qarabasmadan sonra oğlan təşviş və həyəcan içindəydi. İlğımlar haqqında çox eşitmişdi və özü də bir neçə dəfə səhra qumlarında insan arzularının necə cismanilik qazandığını görmüşdü. Lakin döyüşçülərin vahəyə girməsini qətiyyən istəmirdi.

Santaqyo bu fikirləri başından atıb, çəhrayı rəng almış səhraya baxmağa səy göstərdi. Lakin diqqətini cəmləməyə nəsə mane olurdu, ürəyisə həyəcanla dolmuşdu.

"Daim əlamətlərin arxasınca get", – şah Melhisedek ona öyrətmişdi. Oğlan Fatimə haqqında düşündü. Gördüyü ilğımı xatırladı və nəsə baş verəcəyini hiss etdi.

O, çətinliklə özünə gəldi. Ayağa qalxıb geriyə, xurma ağaclarına tərəf getdi. Dünya ona yenə də çox dildə danışdığını göstərmişdi: indi artıq səhra deyil, vahə təhlükəli idi.

Çarvadar palma ağacına söykənib oturmuşdu və qərbə doğru baxırdı. Bu zaman təpələrin arxasından Santyaqo göründü.

– Qoşun buraya yaxınlaşır, – dedi. – Mən ilğım gördüm.

– Səhra ilğımlar yaratmağı sevir, – çarvadar cavab verdi.

Amma oğlan qırğılar haqqında, onların uçuşunu izləyib birdən Dünya Ruhuna qərq olduğu barədə ona danışdı.

Çarvadar təəccüblənmədi – o, gəncin nə dediyini anlamışdı. Bilirdi ki, yer üzündə olan istənilən əşya bütün dünyanın tarixini danışmağa qabildir. Kitabın istədyin səhifəsini aç, insanın əlinə bax, kartları düz, səmada qırğının uçuşunu izlə, mütləq yaşadığın anla bir bağlılıq tapacaqsan. Burada əsas əşyalar deyil, iş ondadır ki, insanlar onlara baxmaqla özləri üçün Dünya Ruhuna nüfuz etməyin üsulunu kəşf edirlər.

Səhrada çox insan var ki, Dünya Ruhunu asanlıqla dərk etmək sayəsində özünə güzəran qazanır. Qadınlar və qocalar onlardan qorxur, onlara Kahin deyirlər. Döyüşçülər nadir hallarda onlara müraciət edirlər, çünki öləcəyini bilə-bilə döyüşə getmək çətindir. Onlar nəticənin naməlum qalmasına və döyüşün insana bəxş etdiyi hisslərə üstünlük verirlər. Gələcək Uca Allah tərəfindən yazılıb və bu lövhü-məhfuzda yazılanların hamısı insanların xeyrinədir. Döyüşçülər yalnız indi ilə yaşayırlar, çünki indi gözlə-nilməzliklərlə doludur, buna görə də min-lərlə müxtəlif şeylərə diqqət etmək lazımdır: düşmənin qılıncı sənin başına hansı tərəf-dən enəcək, onun atı necə çapacaq, həyatını qorumaq istəyirsənsə, zərbəni necə dəf edə-cəksən...

Lakin çarvadar döyüşçü deyildi, kahinlə-rin yanına da çox getmişdi: bəziləri hər şeyi düz deyirdi, bəzilərində isə bu alınmırdı. Bir dəfə onlardan ən qocası (ən çox da bu adamdan qorxurdular) ondan gələcəyi nə üçün bilmək istədiyini soruşmuşdu.

– Nə etmək lazım olduğunu bilmək üçün; ürəyimcə olmayan şeyləri dəyişmək üçün.

– Onda bu sənin gələcəyin olmayacaq, axı.

– Yaxşı, gələcəkdə baş verəcək şeylərə ha-zırlaşmaq üçün, – deyim.

– Əgər yaxşı nəsə baş verəcəksə, bu xoş gözlənilməzlik olacaqdır. Yox əgər pis hadi-

sələr olacaqsa – onu əvvəlcədən hiss edə-
cəksiniz.

– Mən başıma nələrin gələcəyini bilmək
istəyirəm, çünki insanam, – çarvadar dedi. –
İnsanlarsa öz gələcəyindən asılıdır.

Kahin uzun müddət susdu. O, çubuqlarla
fala baxıb gələcəyi söyləyirdi – onları yerə
atır və düzülüşlərinə baxırdı. Həmin gün o,
fala baxmamağı qərara aldı. Çubuqları dəs-
mala büküb cibinə qoydu.

– Mən insanların gələcəyini söyləməklə
çörək qazanıram, – nəhayət cavab verdi. –
Mən çubuqları necə atmağı bilir və onların
köməyi ilə hər şeyin yazıldığı məkana nü-
fuz eirəm. Oradan isə keçmişi də oxuyuram,
unudulmuşları açır və indinin əlamətlərini
tanıyıram.

Gələcəyi oxumuram, onu tapa bilirəm, zi-
ra gələcək Allaha məxsusdur və yalnız O, is-
tisna hallarda gələcəyin üzərindən pərdəni
qaldırır. Bəs, mən bunu necə bacarıram? İn-
dinin əlamətlərinə görə. Bütün sirr burada-
dır, indidədir. Ona lazımi diqqət yetirsən –
onu yaxşılaşdıra bilərsən. İndiki vəziyyətini
yaxşılaşdırsan, gələcəyin də rifah içində

olar. Gələcəyin qayğısını çəkmə, indi ilə ya-şa və qoy, sənin hər günün Qanunun buyur-duğu kimi keçsin. İnan ki, Uca Allah yarat-dıqlarının qayğısına qalır. Hər gündə bir əbədiyyət zərrəsi var.

Çarvadar Allahın hansı istisna vəziyyət-lərdə gələcəyi öyrənməyə icazə verdiyini soruşdu.

– O özü bu vəziyyətləri bilir. Bu çox na-dir hallarda və yeganə bir səbəb üzündən baş verir: əgər yazılmışı dəyişdirmək la-zımdırsa.

"Uca Allah bu oğlana gələcəyi göstərmiş-dir, – çarvadar indi düşünürdü. – O bu gən-ci özünə alət seçmişdir".

– Qəbilə rəhbərlərinin yanına get, – Sant-yaqoya dedi. – Onlara de ki, qoşunlar vahə-yə yaxınlaşır.

– Onlar mənə gülərlər.

– Yox. Bunlar səhra insanlarıdır və demə-li, əlamət və işarətləri diqqətdən qaçırmaq adətləri deyil.

– Belədə, onlar hər şeyi özləri bilməlidirlər.

– Onlar bunun qayğısını çəkmirlər, çünki inanırlar ki, əgər Allahın iradəsi ilə nəyisə öyrənəcəklərsə, bunu kimsə gəlib onlara deyəcək. Əvvəllər də belə olub. İndi isə bu "kimsə" sən olacaqsan.

Santyaqo Fatimə haqqında düşündü və vahədəki qəbilə başçılarının yanına getməyi qərara aldı.

– Məni rəhbərlərin yanına burax, – o, böyük bir ağ çadırın girişində dayanmış gözətçiyə dedi, – Səhrada əlamət görmüşəm.

Növbətçi heç nə demədən çadıra girdi və uzun müddət orada qaldı. Sonra ağ əba geymiş gənc ərəblə girişdə göründü. Santyaqo gördüyünü ona danışdı. O, gözləməyi xahiş etdi və yenidən içəri girdi.

Gecə düşmüşdü. Ərəblər və yadelli tacirlər gəlib-gedirdi. Tezliklə ocaqlar söndü və səhra kimi vahə də sükuta qərq oldu. Yalnış böyük çadırda çıraq yanırdı. Bütün bu vaxt ərzində Fatimə ilə bu yaxındakı söhbəti hələ də anlamayan Santyaqo onun haqqında düşünürdü.

Nəhayət, uzun müddət gözləyəndən sonra onu çadıra buraxdılar.

Burada gördüklərindən heyrətə düşdü. Səhranın ortasında belə bir şey olacağını ağlından belə keçirmirdi. Ayaqları qəşəng xalçaların içinə batmışdı, yuxarıdan sarı rəngli metal şamdanlar asılmışdı. Qəbilə başçıları yarımdairəvi şəkildə ipək balışların üstündə oturmuşdu. Xidmətçilər gümüş sinilərdə çay və şirniyyat paylayırdı. Nökərlər isə nargilə qəlyanlarını sönməyə qoymurdu, havaya xoş tütün ətri yayılmışdı.

Santyaqonun qarşısında səkkiz adam vardı, amma o, başçının ortada oturmuş ağ geyimli ərəb olduğunu dərhal anladı. Onun yanında bayaq çadırdan çıxan gənc ərəb əyləşmişdi.

– Əlamətlər haqqında danışan yadelli kimdir? – başçılardan biri soruşdu.

– Mənəm, – Santyaqo dedi və gördüklərinin hamısını danışdı.

– Bəs nə üçün səhra bunları yadelliyə deməyi qərara alıb, axı bizim əcdadlarımız da burada yaşamışdır? – başqa qəbilə başçısı soruşdu.

– Çünki mənim gözlərim səhraya öyrəşməmişdir və yerlilərin diqqətdən qaçırdıqlarını görə bilir, – Santyaqo dedi və öz-özünə düşündü: "Həm də Dünya Ruhu mənə açıqdır". Bunu bərkdən demədi – ərəblər belə şeylərə inanmırlar.

– Vahə – heç kimin deyil. Heç kim buraya soxulmağa cəsarət etməz, – üçüncü başçı ucadan dedi.

– Mən yalnız gördüklərimi deyirəm. İnanmırsınızsa, lazım da deyil.

Çadıra gərgin sükut çökdü, sonra başçılar öz aralarında qızğın mübahisəyə girişdilər. Onlar Santyaqonun anlamadığı ləhcədə danışırdılar, amma o, çıxışa doğru addımlayanda gözətçi onu saxladı. Gənc qorxdu. Əlamətlər təhlükədən xəbər verirdi və o, hər şeyi çarvadara dediyindən peşman oldu.

Lakin budur, ortada oturan qoca azca gülümsədi və Santyaqo dərhal sakitləşdi. Bu qoca hələ bir söz deməmişdi və mübahisədə iştirak etmirdi. Dünya Dilini anlayan gənc isə müharibənin yaxınlığından çadırın titrədiyini hiss edir və bura gəlməsinin doğru olduğunu anlayırdı.

Hamı susub qocaya diqqətlə qulaq asdı. O isə Santyaqoya tərəf çevrildi və gənc bu dəfə onun üzündəki soyuq ifadəni gördü.

143

– İki min il bundan əvvəl yuxulara inanan bir insanı buradan çox-çox uzaqlıqda yerləşən quyunun içinə atdılar, sonra isə qul kimi satdılar, – qoca dilləndi. – Bizim tacirlər onu Misirə gətirdilər. Biz hamımız bilirik ki, yuxuya inananlar onları yozmağı da bacarırlar.

"Amma onların hamısını heç də həyata keçirə bilmirlər", – qaraçı qarını xatırlayan Santyaqo düşündü.

– O insan fironun yeddi kök və yeddi arıq inək haqqındakı yuxusunu yozmağı bacarıb, Misiri aclıqdan xilas etdi. Onun adı Yusif idi. O da sənin kimi yadelli idi və təxminən sənin yaşda olardı.

Susdu, gözləri əvvəlki tək soyuq idi.

– Biz həmişə Adətlərə əməl edirik. Adətlər Misiri aclıqdan qurtarıb, onun xalqını ən zəngin xalq etdi. Adətlər bizə səhranı necə keçməyi və qızlarımızı necə ərə verməyi öyrədir. Adətlər deyir ki, vahə – heç kimin torpağı deyil, çünki hər iki döyüşən tərəfin vahəyə ehtiyacı var və onsuz məhv olarlar.

Heç kim dillənmədi.

– Lakin Adətlər səhranın bizə göndərdiyi əlamətlərə inanmağımızı da tapşırmışdır. Bildiyimizin hamısını səhra öyrətmişdir.

Onun işarəsi ilə ərəblər ayağa qalxdı. Şura bitmişdi. Nargilə söndürülmüş, keşikçilər kənara çəkilmişdi. Santyaqo çıxmağa hazırlaşırdı ki, qoca yenidən dilləndi:

– Sabah biz vahədə heç kimin silah daşımağa haqqı olmaması barədə qanunu pozacağıq. Bütün günü düşməni gözləyəcəyik, günəş batanda isə döyüşçülərim silahı yenidən təhvil verəcəklər. Öldürülmüş hər on düşmən üçün sən bir qızıl pul alacaqsan. Lakin bir dəfə ələ götürülmüş silaha düşmən qanı dadızdırmadan, onu yerinə elə-belə qoymaq olmaz. Silah da səhra kimi şıltaqdır və növbəti dəfə hədəfi vurmaqdan imtina edər. Əgər sabah silahımıza bir iş tapılmasa, onu sənə qarşı yönəldəcəyik.

Vahəni yalnız ay işıqlandırırdı. Santyaqo öz çadırına tərəf addımladı.

Qəbilə başçısının bir az əvvəl dediyi sözlər onu qorxutmuşdu. O, Dünyanın Ruhuna nüfuz etmişdi və buna inanmaqları üçün həyatını qurban verə bilərdi. Bu çox deyilmi? Lakin o, Öz Yolu ilə getmək üçün qoyunlarını satdığı vaxtdan özü buna razı olmuşdu. Çarvadarın dediyi kimi, iki dəfə ölmək mümkün deyil... Fərqi varmı ki, bu, sabah, yaxud o biri gün baş verəcək? Bütün günlər yaşamaq, ya ölmək üçün yarayar. Hər şey "Maktub" sözündən asılıdır.

Santyaqo susaraq addımlayırdı. Peşman deyildi və heç nəyə təəssüf etmirdi. Əgər sabah ölsə, deməli, Allah gələcəyi dəyişmək istəmir. Amma ölsə də, artıq körfəzi keçməyə, dükanda işləməyə, səhranı gəzib-dolaşmağa, onun sükutunu və Fatimənin gözlərini öyrənməyə müvəffəq olmuşdu. Evdən çıxdığı andan onun heç bir günü boşuna keçməyib. Və əgər sabah gözləri əbədi olaraq qapansa belə, onlar başqa çobanların gözlərindən daha çox şey görə bilmişlər. Santyaqo bununla fəxr edirdi.

Birdən gurultu eşitdi və qəfil əsən küləyin zərbəsi onu yerə yıxdı. Toz buludu ayı gizlətmişdi. Oğlan qarşısında ağ rəngli, nəhəng bir at gördü – o şahə qalxıb, qulaqbatırıcı səslə kişnəyirdi.

Toz-duman yatandan sonra Santyaqo indiyə qədər hiss etmədiyi dəhşəti yaşadı. Ağ atın üstündə qara əbalı, qara çalmalı, sol çiynində şahin oturmuş atlı vardı. Onun üzü elə örtülmüşdü ki, yalnız gözləri görünürdü. Boyu hündür olmasaydı, karvanın qarşısına çıxan və səhrada nələrin baş verdiyini xəbər verən bədəvilərə oxşayardı.

Ay işığı qılıncın üstünə düşüb bərq vurdu – atlı yəhərə bağlanmış qılıncı əlinə götürmüşdü. Əl-Fəyyum vahəsinin əlli min palma ağacının əks-sədası kimi gur səslə dedi:

– Qırğıların uçuşunda mənə görməyə kim cəsarət etmişdir?

– Mən, – Santyaqo cavab verdi.

Bu anlarda Santyaqo onu mavrların qalibi, ağ atın belində kafirləri əzən Müqəddəs Yəqubun təsvirinə oxşatdı. Tamamilə eyni səhnə olsa da, hər şey əksinə idi.

– Mən, – Santyaqo dedi və ölümcül zərbəni qəbul etməyə hazırlaşaraq başını aşağı əydi. – Çox həyatlar xilas ediləcək, zira siz Dünya Ruhunu hesaba almamısınız.

Lakin qılınc nədənsə yavaş-yavaş enib gəncin alnına toxundu. Qan damcıladı.

Atlı tərpənmirdi. Santyaqo da donub qalmışdı. O, hətta qaçıb canını qurtarmaq da istəmədi. Onun varlığının dərinliyində qəribə bir sevinc baş qaldırmışdı: o, Öz Yolunun uğrunda, bir də Fatiməyə görə öləcəkdi. Deyəsən, əlamətlər yalan söyləməmişdi. Budur, qarşısında Düşmən dayanıb, buna görə də ölüm onu qorxutmur, çünki bir neçə andan sonra Dünya Ruhunun bir hissəsinə çevriləcək. Sabah isə bu taleyi Düşmən də yaşayacaq.

Atlı zərbə endirməyə tələsmirdi.

– Bunu nə üçün etdin?

– Mən yalnız qırğıların verdiyi xəbəri eşitdim və anladım. Onlar vahəni xilas etmək istəyirdi. Vahənin müdafiəçiləri sayca çoxdur – onlar sizi qıracaqlar.

Qılıncın ucu onun alnına dayanmışdı.

– Sən kimsən ki, Allahın işlərinə qarışırsan?

– Allah təkcə qoşunları deyil, quşları da yaradıb. Onların dilini Allah mənə açıb. Dünyada hər şey bir əllə yazılmışdır, – carvadarın sözlərini xatırlayan gənc dedi.

Atlı, nəhayət, qılıncını geri çəkdi. Santya-
qo dərindən nəfəs aldı.

– Öncəgörmələrlə ehtiyatlı olmaq lazım-
dır, – atlı dedi. – Yazılandan heç kim qaça
bilməz.

– Mən döyüşçüləri gördüm. Amma döyü-
şün necə qurtaracağını bilmirəm.

Bu cavab atlının xoşuna gəldi, amma qı-
lıncı qınına qoymağa tələsmirdi.

– Yadellinin burada nə işi var?

– Mən Öz Yolumu axtarıram. Lakin sən
bunu anlamazsan.

Atlı qılıncı qınına qoydu. Onun çiyində-
ki şahin bərkdən qıyya çəkdi. Santyaqonu
bürüyən gərginlik azalmağa başlayırdı.

– Mən sənin cəsarətini imtahan etmək is-
təyirdim. Dünya Dilini axtaran üçün bun-
dan mühüm şey yoxdur.

Gənc təəccübləndi. Atlı çox adamın anla-
madığı şeydən bəhs edirdi.

– Hətta uzun yol getsən belə, bir an da ol-
sun ruhdan düşmək olmaz, – sözünə davam
etdi. – Səhranı sevmək lazımdır, amma ona
tamamilə etibar etmək də olmaz. Çünki səh-

ra insan üçün bir sınaqdır: bir anlığa diqqə-
tini qaçırsan, həlak olarsan.

Onun sözləri Santyaqoya qoca Melhise-
deki xatırlatdı.

– Əgər döyüşçülər gələnə qədər başın sa-
lamat qalsa, məni axtararsan, – atlı dedi.

Az öncə qılıncın qəbzəsini tutmuş əlində
indi qamçı vardı. At toz-duman qopararaq
yerindən götürüldü.

– Sən harada yaşayırsan? – Santyaqo
onun dalınca qışqırdı.

Atlı çapa-çapa əlindəki qamçını cənuba
tərəf uzatdı.

Gənc oğlan Kimyagərlə belə görüşdü.

Səhəri gün Əl-Fəyyum vahəsinin xurma
ağacları altında iki min silahlı adam dayan-
mışdı. Üfüqdə beş yüzə yaxın döyüşçü gö-
rünən zaman günəş hələ aşağıda idi. Atlılar
guya dinc məqsədlərlə gəldiklərini göstər-
mək üçün silahlarını ağ əbaları altında giz-
lədib, vahəyə şimal tərəfdən girdilər. Yalnız
rəhbərlərin böyük çadırına yaxınlaşanda tü-
fənglərini və əyri qılınclarını çıxartdılar.

Amma çadır boş idi.

Vahə sakinləri səhra döyüşçülərini müha-
sirəyə aldı və yarım saatdan sonra dörd yüz
doxsan doqquz cəsəd qumlarım üstünə dü-
şüb qalmışdı. Uşaqları palma kölgəliyinə
apardılar və onlar da çadırlarda qalıb ərləri
üçün dua edən qadınlar kimi heç nə görmə-
dilər. Əgər həlak olanların cəsədi ətrafı tut-
masaydı, vahə həmişəki kimi görünərdi.

Əl-Fəyyuma hücum edən süvarilərin tək-
cə başçısı sağ qalmışdı. Onu qəbilə rəhbərlə-
rinin yanına apardılar və Adəti nə üçün
pozduğunu ondan soruşdular. O cavab ver-
di ki, çoxgünlük döyüşlərdən, aclıqdan və
susuzluqdan əzab çəkən döyüşçülər vahəni
tutmağı və sonra yenidən müharibəyə baş-
lamağı qərara almışdılar.

Qəbilə başçısı döyüşçüləri anladığını bil-
dirsə də, Adəti pozmağa heç kimin hüququ
olmadığını dedi. Səhrada küləyin təsiri ilə
yalnız təpələrin forması dəyişir, qalan hər
şey dəyilməz olaraq qalır.

Döyüşçülərin rəisini rüsvayçı ölümə
məhkum etdilər: onu nə güllə ilə, nə də qı-
lınc zərbəsi ilə öldürdülər, qurumuş xurma

ağacından asılı qalmış cəsədini səhra küləyi uzun müddət yellədi.

Qəbilə başçısı yadellini çağırıb ona əlli qızıl pul verdi. Sonra Yusifin əhvalatını yenidən danışıb, gəncdən onun Baş Məsləhətçisi olmasını xahiş etdi.

Günəş batanda və səmadakı ilk ulduzlar tutqun-tutqun parıldamağa başlayanda Santyaqo cənuba tərəf getdi. Orada yalnız bir çadır vardı və Santyaqonun yol boyunca rastlaşdığı adamlar deyirdi ki, oralar cinlərin sevimli yeridir. Lakin o, çadırın yanında oturub gözləməyə başladı.

Kimyagər gec gəlib çıxdı – ay lap hündürə qalxmışdı. Onun çiynindən iki ölü qırğı asılmışdı.

– Mən buradayam, – Santyaqo dedi.

– Nahaq yerə. Məgər sənin Yolun mənə gətirib çıxarır?

– Müharibə gedir. Mən səhranı keçə bilmərəm.

Kimyagər tələsirdi deyə, Santyaqonu işarə ilə çadıra dəvət etdi, – bu çadır da, qəbilə başçılarının təmtəraqlı çadırını hesaba almasaq, vahədəki bütün çadırlar kimi idi.

152

Santyaqo baxışları ilə kürə və putaları, şüşə-
dən düzəldilən distillə cihazlarını axtardı,
amma xalçaının üstünü örtən qəribə şəkil-
lərdən və bir neçə köhnə kitabdan başqa heç
nə görmədi.

– Otur, mən çay hazırlayım, – Kimyagər
dedi. – Bu qırğılarla şam edərik.

Oğlan bunların dünən axşam səmada
gördüyü quşlar olduğunu düşündü, amma
bir söz demədi. Kimyagər ocağı qaladı və
tezliklə çadıra qızardılmış quş qoxusu dol-
du. Bu, nargilə tüstüsündən də ləzzətli idi.

– Məni nə üçün görmək istədin? – Santya-
qo soruşdu.

– Hər şey əlamətlərə görədir. Külək mənə
sənin gələcəyini və mənim köməyimə ehti-
yacın olacağını dedi.

– Yox, bu mən deyiləm, o biri yolçudur –
ingilisdir. Səni o axtarırdı.

– O məni tapana qədər çox adamla görü-
şəcək. Amma doğru yoldadır, artıq təkcə ki-
tablara baxmır.

– Bəs mən?

– Əgər nəsə istəsən, bütün Kainat sənin
arzunun həyata keçməsinə kömək edəcək, –

Kimyagər qoca Melhisedekin sözlərini təkrar etdi və oğlan Öz Yoluna davam etmək üçün ona kömək edən daha bir adamla rastlaşdığını anladı.

– Sən məni öyrədəcəksən? – soruşdu.

– Yox. Sən artıq lazım olan qədər bilirsən. Mən sənin məqsədə çatmağına və xəzinəni tapmağına kömək edəcəyəm.

– Səhrada müharibə gedir, axı, – Santyaqo dedi.

– Mən səhranı tanıyıram.

– Mən artıq öz xəzinəmi tapmışam. Mənim dəvəm, büllur ticarətindən əldə etdiyim gəlirim və əlli qızılım var. İndi vətənimdə zəngin ola bilərəm.

– Lakin bunların heç birisi səni bir addım da piramidalara yaxınlaşdırmır, – Kimyagər xatırlatdı.

– Mənim Fatiməm var. Bu xəzinə o birilərindən çox qiymətlidir.

– O da piramidalardan uzaqdadır.

Onlar susub yeməyə başladılar. Kimyagər şüşə qabı açıb Santyaqonun stəkanına qırmızı maye süzdü. Bu, onun heç zaman dadmadığı gözəl bir şərab idi. Lakin Qanun şərab içməyi qadağan edir.

– Şər – insanın dilinə dəyəndə deyil, dilindən çıxandadır, – Kimyagər dedi.

Şərab Santyaqonu şənləndirdi. Lakin Kimyagər əvvəlki kimi ona qorxu aşılayırdı. Onlar çadırın girişində oturub, bədirlənmiş ayın işığında sayrışan ulduzlara baxırdılar.

– Bir az da iç, fikrin dağılsın, – şərabın oğlana yaxşı təsir etdiyini görən Kimyagər dedi. – Döyüşqabağı əsgər kimi qüvvəni topla. Lakin unutma ki, sənin ürəyin xəzinələrlə olmalıdır. Onları isə tapmaq lazımdır, çünki yalnız bu vaxt onlara gedən yolda anladıqlarının və hiss etdiklərinin bir mənası olar.

Sabah öz dəvəni sat və at al. Dəvələrin hiyləgər xasiyyəti var: onlar hey yorulmadan addımlayır, sonra isə qəfildən dizləri üstə düşüb ölür. At isə tədriclə öz qüvvəsindən istifadə edir. Onun nə qədər çapacağını və nə vaxt yıxılacağını əvvəlcədən bilmək olar.

Bir gün keçdi və axşam Santyaqo atın yüyənindən tutub, Kimyagərin çadırına gəldi.

Tezliklə o da gəlib çıxdı və atlandı, şahin isə onun sol çiynində öz yerini tutdu.

– Mənə səhranın həyatını göstər, – o dedi.

– Burada həyat tapan kəs, xəzinəni axtara bilər.

Onlar ayın işıqlandırdığı qumluqla yola düşdülər. "Çətin ki, buna müvəffəq olum, – Santyaqo düşündü. – Mən səhranı qətiyyən tanımıram və orada həyat tapa bilmərəm".

O, Kimyagərə tərəf çevrilib düşündüklərini demək istədi, lakin qorxdu. Gəncin qırğıların uçuşunu izlədiyi zaman oturduğu daşlara yaxınlaşdılar.

– Qorxuram ki, mən bacarmayam, – Santyaqo nəhayət dedi. – Səhrada həyatın olduğunu bilirəm, amma onu tapmağı bacarmaram.

– Həyat həyatı cəlb edir, – Kimyagər cavab verdi.

Gənc onu anladı və atın yüyənini buraxdı. At daş və qumların arası ilə özü özünə yol seçirdi. Kimyagər arxada gəlirdi. Beləcə yarım saat keçdi. Xurma kölgəlikləri geridə qaldı, nəhəng ayın işığında gümüşü rəngə çalan qaya parçalarından başqa, hər şey yoxa çıxdı. Nəhayət, Santyaqonun atı dayandı – oğlan əvvəllər burada heç zaman olmamışdı.

– Burada həyat var, – Kimyagərə dedi. – Mən səhranın dilini bilməsəm də, atım həyatın dilini bilir.

Onlar tələsirdi. Kimyagər susmuşdu. O, daşlara baxaraq, yavaş-yavaş irəliləyirdi. Sonra birdən dayanıb, ehtiyatla aşağı əyildi. Daşların arasında qara deşik gördü. Əvvəlcə barmağını, sonra isə əlini deşiyə soxdu. İçəridə nəsə tərpənirdi və Santyaqo Kimyagərin gözlərindəki gərgin ifadəni oxudu: o, sanki kimləsə mübarizə aparırdı. Sonra kəskin hərəkətlə Santyaqonu diksindirib, əlini yuvadan çəkdi və ayağa qalxdı – ilanı quyruğundan tutmuşdu.

Santyaqo da ayağa qalxıb geri çəkildi. İlan Kimyagərin əlində çırpınır, fısıltısı ilə səhranın sükutunu pozurdu. Bu, öldürücü zəhəri olan kobra idi.

"O, necə də qorxmur!" – oğlan düşündü. Əlini ilanın yuvasına soxan Kimyagər ölə də bilərdi, amma onun üzü sakit idi. "Onun iki yüz yaşı var" – Santyaqo ingilisin sözlərini

157

xatırladı. Yəqin ki, o, səhra ilanları ilə necə davranmağı bilirdi. Budur, öz atına yaxınlaşıb, yəhərə bağlanmış uzun, əyri qılıncını götürdü. Qumda dairə çəkib, sakitləşmiş kobranı onun mərkəzinə qoydu.

– Qorxma, – Santyaqoya dedi. – İlan dairədən çıxmayacaq. Sən isə səhrada həyat olduğunu gördün. Mənə də bu lazm idi.

– Məgər bu, mühümdür?

– Çox mühümdür. Piramidalar səhra ilə əhatə olunub.

Santyaqo piramidalar haqqında söhbət etmək istəmirdi – hələ dünəndən onun ürəyinə ağırlıq çökmüşdü. Xəzinənin dalınca getmək Fatiməni itirmək demək idi.

– Özüm sənin bələdçin olacağam, – Kimyagər dedi.

– Mənim üçün vahədə qalmaq yaxşıdır, – Santyaqo cavab verdi. – Axı mən Fatimə ilə görüşmüşəm, o, dünyadakı bütün xəzinələrdən qiymətlidir!

– Fatimə – səhranın uşağıdır. O, kişilərin qayıtmaq üçün getdiklərini bilməzmi? O da öz xəzinəsini tapmışdır – bu, sənsən. İndi isə ümid edir ki, sən də axtardığını tapacaqsan.

– Əgər qalmağı qərara alsam?

– Onda sən Qəbilə Başçısının Müşaviri olacaqsan. Sənin o qədər qızılın olacaq ki, çoxlu qoyun və dəvə ala biləcəksən. Fatiməylə evlənib, birinci ili onunla xoşbəxt həyat sürəcəksən. Səhranı sevməyi öyrənəcəksən və əlli min xurma ağacının hər birini ayrı-ayrılıqda tanıyacaqsan. Onların, dünyanın daim dəyişdiyini göstərərək, necə boy atdığını anlayacaqsan. Günlər keçdikcə əlamətləri daha yaxşı ayırd edə biləcəksən, çünki səhradan yaxşı müəllim yoxdur.

Lakin bir il keçdikdən sonra xəzinəni xatırlayacaqsan. Əlamətlər daha təkidlə onun haqqında sənə deyəcək, lakin onlara diqqət yetirmək istəməyəcəksən, öz dərrakəni isə vahənin və onun sakinlərinin inkişafına yönəldəcəksən. Qəbilə başçıları bundan ötrü sənə təşəkkür edəcəklər. Sən çoxlu dəvə, hakimiyyət və zənginlik qazanacaqsan.

Bir il də keçəcək. Əvvəlki kimi əlamətlər yenə də xəzinə və Yol haqqında deməyə davam edəcək. Gecələr vahəni gəzib-dolaşacaqsan, Fatimə isə qəmə batacaq, çünki o, səni yolundan döndərmişdir. Lakin siz yenə də bir-birinizi sevəcəksiniz. Xatırlayacaqsan ki, o səndən bir dəfə də olsun qalmağı xahiş etməmişdir, çünki səhra qadınları öz kişilərinin qayıtmasını gözləməyi bacarırlar və sən onu heç bir şeydə günahlandıra bilməyəcəksən, amma hər gecə səhrada və palma ağaclarının arasında addımlayıb düşünəcəksən: əgər Fatiməyə olan məhəbbətinə daha çox inansaydın, getməyi qət edərdin. Çünki səni səhrada saxlayan qorxudur – sən bir də buraya qayıtmayacağından qorxursan. Bu zaman əlamətlər sənə həmişəlik olaraq xəzinədən məhrum olduğunu deyəcək.

Dördüncü ildə əlamətlər yoxa çıxacaq, çünki sən onları daha görmək istəmirsən. Bunu anlayan qəbilə başçıları sənin xidmətindən imtina edəcəklər, lakin sən bu zamana qədər varlı tacir olacaqsan, sənin çoxlu dükanın və dəvələrin olacaq və Öz Yolunla getmədiyini, indi isə artıq gec olduğunu bilərək həyatının sonuna qədər ağaclarla səhra arasında gəzib-dolaşacaqsan.

Beləliklə, heç zaman anlamayacaqsan ki, məhəbbət insanın Öz Yolu ilə getməsinə mane ola bilməz. Əgər mane olacaqsa, deməli bu məhəbbət saf deyil, – Kimyagər sözünü bitirdi.

O, qumda çəkilmiş dairəni pozdu və kobra dərhal sürünərək daşların arasında yoxa çıxdı. Santyaqo bütün ömrü boyunca Məkkəyə getməyi arzulayan Büllur Tacirini, Kimyagəri axtaran ingilisi xatırladı; sevmək istədiyi insanı da səhranın göndərəcəyinə inanan qadını xatırladı.

Onlar atlara mindilər. Bu dəfə irəlidə Kimyagər gedirdi. Külək vahə sakinlərinin səsini qovub gətirirdi və oğlan onların arasından Fatimənin səsini duymağa cəhd etdi. Dünən döyüş olduğundan onunla quyu başında görüşə bilməmişdi.

Bu gecə isə o, dairədən çıxmağa cəsarət etməyən kobraya baxdı, çiynində şahin gəzdirən və ona məhəbbət, xəzinə, səhra qadınları haqqında danışan bu sirli atlını dinlədi.

– Mən səninlə gedəcəyəm, – Santyaqo dedi və dərhal qəlbinə hüzur çökdüyünü hiss etdi.

– Biz sabah yola düşəcəyik, – Kimyagər cavab verdi.

Gecə yata bilmədi. Günəş doğana iki saat qalmış çadırdakı oğlanlardan birini oyadıb Fatimənin harada yaşadığını ona göstərməyi xahiş etdi. Onlar birlikdə çıxdılar və Santyaqo minnətdarlıq əlaməti olaraq ona qoyun almaq üçün pul verdi. Sonra qızı oyadıb, ona gözlədiyini deməyi xahiş etdi. Ərəb oğlan bu xahişi də yerinə yetirdi və bir qoyunun da pulunu aldı.

– İndi isə get, – Santyaqo dedi və Müşavirə xidmət göstərdiyinə görə qürurlanan ərəb oğlan qoyun almağa pulu olduğundan sevinə-sevinə öz çadırına qayıtdı və uzanıb yatdı.

Fatimə gəldi. Onlar xurma ağaclığına tərəf getdilər. Santyaqo Adəti pozduğunu bilirdi, amma indi bunun əhəmiyyəti yox idi.

– Mən gedirəm, – o dedi. – Amma istəyirəm ki, biləsən: mən qayıdacağam. Mən səni sevirəm, çünki...

– Heç nə demə, – qız onun sözünü kəsdi. – Sevginin səbəbi yoxdur. Sevirlər, çünki... sevirlər.

Lakin Santyaqo davam etdi:

– ... çünki, yuxu gördüm, Melhisedek şahla görüşdüm, büllur satdım, səhranı keçdim, müharibə başlayanda vahəyə gəldim və Kimyagərin harada yaşadığını quyunun yanında səndən soruşdum. Mən səni ona görə sevirəm ki, bütün Kainat bizim görüşümüzə kömək etmişdir.

Onlar qucaqlaşdılar və onların bədəni ilk dəfə bir-birinə toxundu.

– Mən qayıdacağam, – Santyaqo təkrar etdi.

– Əvvəllər səhraya arzu ilə baxırdım, indi isə ümidlə baxacağam. Mənim atam da dəfələrlə səhraya getmişdir, amma həmişə anamın yanına qayıtmışdır.

Daha bir söz demədilər. Xurma ağaclarının altında bir az gəzdikdən sonra Santyaqo Fatiməni çadırına apardı.

– Mən də sənin atan kimi qayıdacağam.

O, qızın gözlərinin yaşardığını gördü.

– Sən ağlayırsan?

– Mən səhra qadınıyam, – o, üzünü gizlədərək dedi. – Amma hər şeydən əvvəl mən sadəcə qadınam.

O, çadıra girdi. Artıq dan sökülürdü. Gün başlayanda Fatimə çadırdan çıxıb, neçə illər gördüyü işləri görəcəkdi, amma indi hər şey başqa cür olacaqdı. Santyaqo artıq vahədə yoxdur və vahə artıq onun üçün əvvəlki qiymətini itirmişdi. Bu, əvvəllər idi – vahə əlli min xurma ağacının, üç yüz quyunun olduğu yer, uzun yolçuluqdan sonra bura sevinclə gəlib çıxanların xilası idi. Bundan belə vahə onun üçün boş olacaq.

Bu gündən etibarən onun üçün səhra mühüm olacaq. Fatimə ona baxıb, Santyaqonun hansı ulduz istiqamətində hərəkət etdiyini öyrənəcək. O, öpüşlərini küləklə göndərəcək və ümid edəcək ki, bu öpüşlər Santyaqonun üzünə toxunub, onu gözlədiyini deyəcək. Bu gündən etibarən Fatimə üçün səhra yalnız bir şeyi ifadə edəcək: Santyaqo buradan onun yanına qayıdacaq.

– Geridə qalanları düşünmə, – onlar yola düşəndə Kimyagər dedi. – Hər şey Dünya Ruhuna hopmuşdur və əbədi olaraq orada qalacaqdır.

– İnsanlar getmәkdәn daha çox qayıtmağı arzulayırlar, – sәhranın sükutuna dalmış Santyaqo cavab verdi.

– Әgәr tapdığın yaxşı maddәdәn yaradılmışdırsa, ona heç bir xәtәr toxunmayacaq. Vә sәn cәsarәtlә geri qayıda bilәrsәn. Әgәr bu, ulduzun doğuşu kimi, yalnız ani parıltı idisә, onda qayıdanda heç nә tapmayacaqsan. Buna baxmayaraq, gözqamaşdırıcı işıq görmüsәn vә demәli, әl bulamağına dәyәrdi.

O, әlkimya dilindә danışırdı, lakin Santyaqo onun Fatimәni nәzәrdә tutduğunu anlayırdı.

Geridә qalanları düşünmәmәk çәtin idi. Sәhranın bircins landşaftı xatırlamağı vә arzulamağı mәcbur edirdi. Santyaqonun gözlәri qarşısından hәlә dә xurma ağacları, quyular vә sevgilisinin surәti çәkilmirdi. O, kolbalar vә distillә cihazları ilә mәşğul olan ingilisi, öz müdrikliyindәn xәbәri belә olmayan әsil müdriki – çarvadarı görürdü. "Yәqin ki, Kimyagәr heç zaman heç kimi sevmәmişdir", – fikirlәşdi.

165

Kimyagərsə irəlidə gedirdi, çiynində şahin oturmuşdu – o, səhranın dilini əla bilirdi: yolçu dayananda quş səmaya qalxıb ov axtarırdı. Birinci gün caynaqlarına bir dovşan alıb gətirmişdi. İkinci gün – iki quş ovlamışdı.

Gecə yorğana bürünürdülər. Səhrada gecə qaranlıq və soyuq olsa da tonqal qalamırdılar.

Birinci həftə yalnız döyüşən qəbilələrlə görüşdən qaçmaq haqqında danışırdılar. Müharibə davam edirdi – külək bəzən qanın şirintəhər qoxusunu qovub gətirirdi. Hardasa yaxınlıqda döyüş gedirdi və külək gözlərin görə bilmədiyini həmişə danışmağa hazır olan İşarətlər Dilinin mövcud olduğunu gəncə xatırladırdı.

Yolun səkkizinci günündə Kimyagər həmişəkindən daha tez düşərgə salmağı qərara aldı. Şahin səmaya ucaldı. Kimyagər su qabını Santyaqoya uzatdı.

– Sənin səyahətin sona yaxınlaşır, – dedi. – Təbrik edirəm. Sən Öz Yolundan dönmədin.

– Sən isə bütün yol boyunca susdun. Güman edirdim, bildiyinin hamısını mənə öyrədəcəksən. Mən artıq əlkimya üzrə kitabları olan bir nəfərlə səhrada yol getmişəm, amma bu kitablardan heç nə anlamamışam.

– İdraka yetməyin yalnız bir yolu vardır, – Kimyagər cavab verdi. – Fəaliyyət göstərmək. Səyahət sənə lazım olanı öyrətəmişdir. Yalnız bir şeyi də öyrənmən gərəkdir.

Santyaqo soruşdu ki, daha nəyi bilməlidir, amma Kimyagər gözlərini səmadan çəkmirdi – öz şahininin uçuşunu izləyirdi.

– Səni niyə Kimyagər çağırırlar?

– Çünki mən Kimyagərəm.

– Bəs, qızılı axtarıb tapmayan başqa kimyagərlər nədə səhv edirmişlər?

– Onların səhvi onda idi ki, yalnız qızıl axtarırdılar. Onlar Yolda gizlədilmiş xəzinəni axtarırdılar, amma Yolun özündən yan keçirdilər.

– Bəs, məndə çatışmayan nədir?

Kimyagər gözlərini göyə dikmişdi. Tezliklə ov etmiş şahin geri qayıtdı. Onlar alovun kənardan görünməməsi üçün qumluqda çuxur qazıb, ocaq qaladılar.

– Mən kimyagər olduğuma görə Kimya-gərəm, – dedi. – Bu elmin sirləri babamdan mənə qalıb, ona isə öz babasından keçib və beləcə dünyanın yaradılışına qədər uzana-raq gedir. O zamanlar bu sirr zümrüd daşın səthinə sığa bilirdi. Lakin insanlar sadə şey-lərə əhəmiyyət vermirlər, buna görə də fəl-səfi traktatlar yazmağa başladılar. Dedilər ki, hansı tərəfə getməyin lazım olduğunu onlar bilirlər, başqaları yox. Amma Zümrüd Lövhə bu gün də mövcuddur.

– Bəs, onun üzərində nə yazılıb? – oğlan maraqlandı.

Kimyagər beş dəqiqə boyunca qumun üs-tündə nəsə çəkdi, Santyaqo isə bu vaxt ər-zində qoca şahla meydanda necə görüşdü-yünü xatırladı və ona elə gəldi ki, o vaxtdan çox-çox illər keçib.

– Onun üzərində bax, bunlar yazılıb, – rəsmi bitirən Kimyagər dedi.

Santyaqo yaxınlaşıb oxudu.

– Bu ki, şifrədir!– o, məyus halda ucadan dedi. – Lap ingilisin kitablarına oxşayır!

– Yox. Bu, qırğıların səmada uçuşu kimi-dir: bunu ağılla dərk etmək olmaz. Zümrüd

Löhvə – Dünya Ruhunun məktubudur. Bizim dünyanın cənnətə oxşar yaradıldığını müdriklər çoxdan anlamışlar. Bu dünyanın mövcudluğu – başqa, daha mükəmməl bir dünyanın varlığına sübutdur. Uca Allah bunu ona görə yaratmışdır ki, insanlar görünənlərin arxasındakı ruhi dünyaların olduğunu dərk etsinlər və öz idraklarının hansı möcüzələrə qabil olduğuna təəccüblənsinlər. Mən elə bunu Fəaliyyət adlandırıram.

– Mən də Zümrüd Lövhəni oxumalıyammı?

– Əgər sən indi kimyagərin laboratoriyasında olsaydın, onu dərk etməyin ən yaxşı üsulunu öyrənə bilərdin. Lakin sən səhradasan – deməli, səhraya dalmalısan. Səhra Yer üzündə olan hər şey kimi sənə dünyanı anlamağa kömək edər. Bütün səhranı anlamağa ehtiyac yoxdur, bir qum dənəsi də kifayətdir ki, Yaradanın bütün möcüzələrini görə biləsən.

– Bəs, səhraya necə dalım?

– Öz qəlbini dinlə. Dünyadakı hər şey ona aydındır, çünki o, Dünya Ruhunun bir parçasıdır və nə vaxtsa ona qayıdacaq.

Dinib-danışmadan iki gün də yol getdilər. Kimyagər ehtiyatı əldən buraxmırdı. Onlar ən qızğın döyüşlər getdiyi yerə yaxınlaşmışdılar. Oğlan isə qəlbinin səsini dinləməyə cəhd edirdi.

Onun inadcıl ürəyi vardı: əvvəllər daim harasa can atırdısa, indi nəyin bahasına olursa-olsun, geri qayıtmaq istəyirdi. Bəzən ürəyi ona saatlarla kədərli tarixçələr söyləyir, bəzən də günəş doğanda elə sevinirdi ki, Santyaqo sakitcə, için-için ağlayırdı. Xəzinələr haqqında danışanda qəlbi bərkdən döyünür, gözləri sonsuz səhraya dikiləndə isə donub qalırdı.

– Biz qəlbimizi nə üçün dinləməliyik? – düşərgə salmaq üçün dayandıqlarında, o soruşdu.

– Qəlbimiz hardadırsa, xəzinə də oradadır.

– Mənim qəlbim doludur, – Santyaqo dedi. – Arzu edir, həyəcanlanır, səhradakı qadına can atır. Daim nəsə istəyir, Fatiməni xatırlayanda bütün gecəni yatmağa qoymur.

– Lap yaxşı. Deməli, o yaşayır. Qəlbini dinləməyə davam et.

Növbəti üç gündə onlar döyüşçülərlə rastlaşdılar, bəzilərini isə üfüqdə gördülər. Santyaqonun ürəyinə qorxu dolmuşdu. Qəlbi ona xəzinə axtarışına yollanmış, lakin heç nə tapmamış insanlar haqqında danışırdı. Bəzən o da xəzinəni tapmayacağını, bəlkə də səhrada öləcəyini düşünərək, qorxurdu; Bəzən də qəlbi ona "xeyir içində xeyir axtarmazlar" – deyirdi: bunlarsız da onun sevgilisi və çoxlu qızıl pulu vardı.

– Qəlbim mənə xəyanət edir, – atların dincəlməsi üçün dayananda o, Kimyagərə dedi. – Mənim daha getməyimi istəmir.

– Bu yaxşıdır, – Kimyagər yenə dedi. – Bu, onun ölmədiyini göstərir. Tamamilə təbiidir ki, ürək qazanılmış hər şeyi arzu ilə dəyişməkdən qorxur.

– Onda nə üçün onu dinləməliyik?

– Sən onsuz da onu susdura bilməyəcəksən. Hətta onu dinləmədiyini göstərsən belə, o, sənin sinəndə qalıb, həyat və dünya haqqında düşündüklərini təkrar edəcək.

– Və mənə xəyanət edəcək?

– Xəyanət – gözlənilməz zərbədir. Əgər öz ürəyini tanısan, o, sənə xəyanət edə bilməz. Çünki sən onun bütün arzularını, bütün xəyallarını bilirsən və bunların öhdəsindən gəlməyi bacararsan. Amma heç kim öz qəlbinin hökmündən qaça bilməmişdir. Buna görə də onu dinləmək yaxşıdır. Belə olduqda gözlənilməz zərbə də olmayacaq.

Onlar səhrada yollarına davam edirdilər. Santyaqo qəlbinin səsini dinləyirdi. Tezliklə qəlbinin bütün şıltaqlıqlarını, bütün fəndlərini əzbərdən bildi və onu olduğu kimi də qəbul etdi. Oğlan daha qorxu hiss etmir və geriyə qayıtmaq istəmirdi – artıq gec idi, həm də qəlbi hər şeyə bəs deyirdi. "Əgər mən hərdən şikayət edirəmsə, eybi yoxdur, axı mən insan ürəyiyəm, bu mənim xüsusiyyətimdir. Biz hamımız ən əziz arzularımızın baş tutmasına qorxuruq, çünki bizə elə gəlir ki, onlara layiq deyilik, yaxud da onları heç zaman həyata keçirə bilmərik. Biz insan qəlbiyik, ona görə də həmişəlik ayrılan sevgiləri, xoşbəxt yaşaya biləcəyimiz, amma yaşamadığımız anları, tapa biləcəyimiz, lakin qumun altında qalan, tapmadığımız xəzinəni düşünəndə, qorxudan donub qalırıq.

Çünki bunlar gerçəkləşəndə biz əzab çə-
kirik".

– Mənim ürəyim əzab çəkməkdən qorxur,
– o bir dəfə, aysız və qaranlıq səmaya baxa-
baxa Kimyagərə dedi.

– Sən ona de ki, əzab çəkmək qorxusu
əzabın özündən də pisdir. Öz arzularının
axtarışına çıxan heç bir ürək əzab çəkmir,
çünki bu axtarışların hər bir anı – Allahla və
Əbədiyyətlə görüşdür.

"Hər bir an görüşdür, – Santyaqo öz ürə-
yinə dedi. – Bu vaxta qədər öz xəzinəmi ax-
tardığımdan bütün günlərim sehirli işıqla
aydınlanmışdı, çünki arzumun həyata keç-
məsinə hər saat yaxınlaşdığımı bilirdim.
Əgər çobanlar üçün imkansız olana cəsarət
etməsəydim, xəzinəni axtarana qədər xəya-
lıma gəlməyən hadisələrlə üzləşməzdim".

Beləcə, bütün axşam boyunca onun ürəyi
hüzur içində oldu. Santyaqo gecəni də rahat
yatdı, yuxudan oyananda qəlbi ona Dünya
Ruhu haqqında danışmağa başladı. Dedi ki,
xoşbəxt insan – Allahı özündə daşıyan in-
sandır və Kimyagərin dediyi kimi, xoşbəxt-
liyi adi qum dənəsində də tapmaq olar.

173

Çünki bu qum dənəsini yaratmaq üçün Kainat milyardlarca illər sərf etmişdir. "Yer üzündə yaşayan hər kəsi öz xəzinəsi gözləyir, – qəlbi deyirdi, – lakin biz ürəklər susmağa öyrəşmişik, çünki insanlar öz xəzinələrini tapmaq istəmir. Yalnız uşaqlara biz bu barədə danışırıq, sonra baxırıq ki, həyat necə hər kəsi öz taleyinin görüşünə aparır, lakin bədbəxtlikdən, yalnız çox az adam Öz Yolu ilə gedir. Yerdə qalanlara isə dünya qorxu aşılayır və buna görə də doğrudan da təhlükəli olur.

Belə olduqda biz ürəklər lap astadan danışırıq: heç zaman susmuruq, amma çalışırıq ki, sözlərimiz eşidilməsin; öz ürəklərinin səsinə qulaq asmadıqları üçün insanların əzab çəkməsini istəmirik.

– Bəs, ürək insana niyə öz arzusunu yerinə yetirməli olduğunu demir? – Santyaqo soruşdu.

– Belədə qəlb əzab içində olardı, o isə əzab çəkməyi sevmir.

O gündən oğlan öz ürəyini anlamağa başladı. Və xahiş etdi ki, bundan sonra o öz arzusundan kənara bir addım atan kimi, qoy,

ürəyi həyəcan siqnalı verərək ağrısın və sı-
xılsın. And içdi ki, bu siqnalı eşidən kimi,
Öz Yoluna qayıdacaq.

O gecə hər şeyi Kimyagərə danışdı. O isə
Santyaqonun ürəyinin Dünya Ruhuna yö-
nəldiyini anladı.

– Bəs, indi mən nə etməliyəm?

– Piramidalara aparan yola davam etmə-
lisən və əlamətləri gözdən qaçırmamalısan.
Sənin ürəyin xəzinənin yerini göstərməyi
artıq bacarar.

– Deməli, əvvəllər məndə çatışmayan bu
idi?

– Yox. Səndə çatışmayan deyim nədir, –
Kimyagər cavab verdi və söhbətə başladı: –
Arzular həyata keçməzdən əvvəl Dünya
Ruhu bütün dərslərin öyrənilməsini yoxla-
mağı qərara alır və bunu ona görə edir ki,
biz arzumuzla birlikdə yolumuza çıxan bü-
tün əlamətləri əldə edə bilək. Bax, bu zaman
əksər insanların igidliyi çatmır. Səhra dilin-
də bu "Üfüqdə vahə görünərkən, susundan
ölmək" adlanır. Axtarışlar həmişə yaxşı baş-
layır. Amma imtahanla bitir.

Santyaqo vətənində deyilən atalar sözünü xatırladı: "Ən qaranlıq anlar sübhə yaxın olur".

Növbəti gün ilk dəfə əsil təhlükənin əlamətləri göründü. Onlara üç döyüşçü yaxınlaşdı və burada nə etdiklərini soruşdu.

– Şahinlə ov edirəm, – Kimyagər cavab verdi.

– Biz silahınızın olub-olmamasını yoxlamalıyıq, – üç nəfərdən biri dedi.

Kimyagər tələsmədən atdan düşdü. Santyaqo da onun kimi etdi.

– Bu qədər pul nəyinə lazımdır? – oğlanın çantasını göstərən döyüşçü soruşdu.

– Mən Misirə getməliyəm.

Kimyagərin üstünü yoxlayan ərəb içində maye olan kiçik büllur qab və sarı rəngli şüşə yumurta tapdı.

– Bunlar nədir? – o soruşdu.

– Fəlsəfə Daşı və Əbədi Həyat İksiri – kimyagərlərin Böyük Kəşfi. İksiri içən kəs heç zaman xəstəlik bilməz. Bu Daşın xırda qırıntısı belə istənilən metalı qızıla çevirər.

Döyüşçülər qəhqəhə çəkib güldülər, Kimyagər də onlara qoşuldu. Onlar Kimyagərin cavabından əylənərək heç bir maneə yaratmadan, yolçuların getməsinə izn verdilər.

– Sən dəli olmusan? – Döyüşçülər uzaqlaşandan sonra Santyaqo soruşdu. – Nə üçün belə etdin?

– Nə üçün? Dünyada hökm sürən sadə bir qanunu sənə göstərmək üçün, – Kimyagər cavab verdi. – Biz qarşımızda necə xəzinələrin olduğunu heç zaman anlamırıq. Bilirsən niyə? Çünki insanlar, ümumiyyətlə, xəzinələrə inanmırlar.

Onlar yollarına davam etdilər. Santyaqonun ürəyi hər gün daha da susqunlaşırdı: artıq onun nə keçmişlə, nə də gələcəklə işi vardı; o, gənclə birlikdə səhraya baxıb Dünya Ruhunun bulağından içməklə kifayətlənirdi. Onlar möhkəm dostlaşmışdılar və indi biri o birinə xəyanət edə bilməzdi.

Bəzən sükut Santyaqonu yoranda, ürək yalnız onu ruhlandırmaq və gücünə güc qatmaq üçün danışırdı. Onun gözəl keyfiyyətləri haqqında ilk dəfə ürəyi dedi: qoyunlarını atan zaman göstərdiyi cəsarət barədə, dükanda çalışanda etdiyi səylər barədə qəlbi danışdı.

Bir də Santyaqonun heç zaman görə bilmədiyi təhlükələr haqqında dedi. Atasından gizli götürdüyü tüfənglə özünü yaralaya, hətta öldürə biləcəyini danışdı. Xatırlatdı ki, bir dəfə açıq çöllükdə onun başı gicəldi, öyüyüb qusdu, sonra yerə yıxılıb yuxuya getdi. Bu zaman iki avara onu öldürüb qoyunlarını oğurlamaq üçün uzaqdan göz qoyurdu. Amma o görünmədiyindən qərara aldılar ki, çoban başqa yolla qoyunları aparmışdır və çıxıb getdilər.

– Ürək həmişə insana kömək edir?

– Hər insana yox. Yalnız Öz Yolu ilə gedənlərə və bir də uşaqlara, sərxoşlara və qocalara.

– Bu, onların təhlükədən uzaq olması deməkdir?

– Bu o deməkdir ki, onların ürəyi var gücü ilə işləyir.

Bir dəfə onlar döyüşən qəbilələrdən birinin düşərgə saldığı yerin yaxınlığından keçirdilər. Hər yerdə ağ əbalı, əli silahlı adamlar görünürdü. Onlar nargilə çəkir və dö-

yüşlər barədə söhbət edirdilər. Lakin Sant-
yaqoya və Kimyagərə heç kim zərrə qədər
də diqqət yetirmirdi.

– Biz təhlükədən uzağıq, – onlar düşərgə-
nin yanından uzaqlaşanda gənc dedi.

Kimyagər birdən hirsləndi.

– Ürəyinin səsinə güvən, – ucadan dedi, –
amma unutma ki, sən səhradasan! Mühari-
bəyə Dünya Ruhu da diqqət kəsilir. Günəş
altında olan heç kim və heç nə kənarda qal-
mır.

"Hər şey – bir bütündür", – Santyaqo dü-
şündü.

Bu an, sanki qoca Kimyagərin sözlərini is-
bat etmək üçün, onlara tərəf çapan iki atlı
göründü.

– Daha yolunuzu davam etdirə bilməzsi-
niz, – döyüşçülərdən biri dedi. – Burada
müharibə gedir.

– Biz çox da uzağa getməyəcəyik, – onun
gözünə diqqətlə baxan Kimyagər dedi.

Döyüşçülər bir anlığa donub qaldılar,
sonra isə yolçuları buraxdılar. Santyaqo
heyrətdən çaşıb qalmışdı.

– Sən onları baxışlarınla ram etdin!

179

– Baxışlar ruhun gücünü göstərir, – Kim-yagər cavab verdi.

"Bu belədir", – düşərgənin yanından ke-çəndə döyüşçülərdən birinin uzun müddət onlara baxdığını xatırlayan gənc düşündü. O, elə uzaqlıqda idi ki, üzü belə görünmür-dü, buna baxmayaraq Santyaqo onun baxı-şını öz üzərində hiss etmişdi.

Onlar üfüqü bütünliklə qapamış dağa qalxanda Kimyagər piramidalara iki günlük yol qaldığını dedi.

– Biz tezliklə ayrılacağıqsa, əlkimyanı mənə öyrət!

– Sənin öyrənmədiyin bir şey qalmayıb. Sən bilirsən ki, bu elmin məğzi Dünya Ru-huna nüfuz edib, sənə aid olan xəzinəni tap-maqdadır.

– Mən başqa şeyi nəzərdə tuturam. Mən qurğuşunu qızıla necə çevirməyi bilmək is-təyirəm.

Kimyagər səhranın sükutunu pozmaq is-təmədi və yalnız düşərgə salanda cavab verdi.

– Kainatda hər şey inkişaf edir, bir yerdən başqa yerə axır. Müdriklər kəşf ediblər ki, metalların içində buna ən çox məruz qalan qızıldır. Səbəbini soruşma – bunu bilmirəm. Yalnız bir şeyi bilirəm ki, dünyanın hökmü belədir. Lakin insanlar müdriklərin sözlərini düzgün anlamamışlar. Və qızıl – inkişaf rəmzi olmaq əvəzinə müharibə əlamətinə çevrilib.

– Dünya çox dildə danışır: bəzən dəvə nəriltisi – sadəcə nərilti, bəzən də həyəcan siqnalıdır. Mən bunu özüm müşahidə etmişəm, – Santyaqo dedi və Kimyagərin onsuz da bunlardan xəbərdar olduğunu düşünüb, dərhal susdu.

– Mən çoxlu sayda əsil kimyagər tanımışam, – qoca dedi. – Bəziləri öz laboratoriyalarına çəkilib metaldan qızıl əldə etmək istəmişlər – Fəlsəfə Daşı belə kəşf edilib: onlar anlamışlar ki, əgər bir şey inkişaf edirsə, onda onun ətrafında olan hər şey dəyişir.

Bəziləri Daşı təsadüfən tapıblar. Onlar istedadlı və qəlbləri daha həssas adamlar idi. Lakin belə hadisələr çox nadir halda olub, onları hesaba almamaq lazımdır.

Bəziləri isə yalnız qızıl axtarıblar. Onlar heç vaxt sirri aça bilməyiblər – unudublar ki, qurğuşunun da, misin də, dəmirin də Öz Yolu var. Başqasının yoluna qarışan kəs Öz Yolunu heç zaman gedə bilməz.

Kimyagərin bu sözləri lənət kimi səsləndi. Sonra o, əyilib yerdəki balıqqulağını götürdü.

– Burada nə vaxtsa dəniz olub, – dedi.

– Hə, mən də bunu düşündüm, – oğlan cavab verdi. Kimyagər ondan balıqqulağını öz qulağına yaxınlaşdırmağı xahiş etdi. Santyaqo uşaqlıqda tez-tez belə edərdi və indi də dənizin səsini eşitmiş oldu.

– Dəniz əvvəlki kimi bu balıqqulağındadır, çünki o, Öz Yolu ilə gedir və bu səhra dənizə çevrilməyənə qədər bu yolu tərk etməyəcəkdir.

Onlar atlara minib Misir piramidalarına tərəf getdilər.

Günəş qərbə sarı enəndə Santyaqonun ürəyi həyəcanla döyündü. Bu an onlar nəhəng qum təpələrinin arxasında idilər. Santyaqo Kimyagərə baxdı, amma o, sanki heç nə hiss etməmişdi. Beş dəqiqədən sonra oğlan irəlidə iki atlı gördü. O nəsə demək istəyirdi ki, iki atlı – on atlıya, on atlı – yüz atlıya çevrildi və nəhayət, bütün qum təpələri saysız-hesabsız döyüşçülərlə doldu.

Atlılar mavi rəngli paltar geymişdilər. Çalmalarını qara taclar bəzəyirdi, üzləri isə mavi parçalarla örtülmüşdü. Yalnız gözləri açıq idi.

Hətta uzaqdan görünürdü ki, bu gözlər ruhun gücünü göstərərək, yolçulara ölüm xəbərini vermək istəyir.

Santyaqo və Kimyagəri düşərgəyə gətirib, gəncin heç zaman görmədiyi bir çadıra saldılar və başçının qarşısına çıxardılar. Ətrafda hərbi rəislər durmuşdu.

– Bunlar casusdur, – əsirləri gətirənlərdən biri dedi.

– Yox. Biz yalnız səyyahıq.

– Üç gün bundan əvvəl sizi düşmənimizin düşərgəsində görüblər. Döyüşçülərdən biri ilə söhbət edirmişsiniz.

– Mən səhranın yollarını tanıyır və ulduzlara görə oxumağı bacarıram, – Kimyagər belə cavab verdi. – O ki qaldı düşməninizin nə qədər sayda olduğuna və hansı istiqamətdə getdiyinə, bunlardan xəbərim yoxdur. Mən öz dostuma bələdçilik edirdim.

183

– Bəs, o, nə ilə məşğuldur? – başçı so-ruşdu.

– Kimyagərdir, – Kimyagər cavab verdi. – O, təbiətin bütün qüvvələrini bilir və öz qeyri-adi istedadını sizə göstərmək istəyir.

Santyaqo susaraq qorxu içində dinləyirdi.

– Yadelli bizim diyarlarda nə gəzir? – baş-qa bir hərbi rəis soruşdu.

– O sizin qəbiləyə pul gətirib, – gənc nəsə demək istəyirdi ki, Kimyagər onu qabaqladı və Santyaqonun pul kisəsini başçıya uzatdı.

Qəbilə başçısı bir söz demədən pul kisəsi-ni aldı – buna çoxlu silah almaq olardı.

– Bəs, "kimyagər" nə deməkdir? – rəislər-dən biri soruşdu.

– Kimyagər – təbiəti və dünyanı bilən in-sana deyirlər. O istəsə, sizin düşərgənizi təkcə küləyin gücü ilə məhv edər.

Ərəblər güldü. Onlar müharibənin gücü-nə öyrəşmişdilər və küləyin ölüm gətirə bi-ləcəyinə inanmırdılar. Lakin onların ürəyi qorxudan sıxıldı. Onların hamısı səhra insa-nı idilər və cadugərlərdən qorxurdular.

– Mən görmək istəyirəm ki, o bunu necə edir, – başçı dedi.

– Bizə üç gün vaxt verin. Mənim yoldaşım öz gücünü sizə göstərmək üçün küləyə çevriləcək. Əgər o, bunu bacarmasa, həyatımız sizindir.

– Sizin həyatınız onsuz da mənim əlimdədir, – hərbi rəis dedi və üç gün gözləməyə razılaşdı.

Santyaqo dəhşətdən donub qalmışdı. Kimyagər onun əlindən tutub çadırdan çıxartdı.

– Qorxduğunu onlara göstərmə. Onlar cəsur insanlardır, qorxaqlara nifrət edirlər.

Lakin Santyaqonun qorxudan dili tutulmuşdu. Onlar düşərgədə sərbəst gəzib dolaşırdılar – ərəblər onların yalnız atlarını almışdı. Dünya yenə də çoxdilli olduğunu göstərmişdi: əvvəl sonsuz və azad olan səhra indi qaçmaq mümkün olmayan həbsxanaya çevrilmişdi.

– Sən onlara mənim bütün pullarımı verdin! – Santyaqo dedi. – Ömrüm boyu qazandıqlarımın hamısını!

– Əgər öləcəksənsə, onlar nəyinə lazımdır? Bu pullara görə üç gün artıq yaşayacaqsan. Adətən pullar bir an da olsun ömrü uzada bilmir.

Lakin Santyaqo çox qorxmuşdu və müdrik sözləri dinləmək fikrində deyildi. O, küləyə çevrilməyi bacarmırdı – axı, kimyagər deyildi.

Kimyagər isə döyüşçüdən çay istəyib, ondan bir neçə damcı gəncin biləyinə tökdü və anlaşılmaz sözlər oxumağa başladı. Oğlan qəlbindəki həyəcanın yoxa çıxdığını hiss etdi.

– Ümidsizliyə qapılma, – Kimyagər mehribanlıqla dedi. – Sadəcə sən hələ ürəyinlə danışa bilməmisən.

– Axı, mən küləyə çevrilməyi bacarmıram!

– Öz Yolu ilə gedən insan hər şeyi bilir və bacarır. Yalnız bir şey həyata keçəcək arzuları imkansız edir – uğursuzluq qorxusu.

– Mən uğursuzluqdan qorxmuram. Sadəcə küləyə necə çevriləcəyimi bilmirəm.

– Öyrənəcəksən. Bundan sənin həyatın asılıdır.

– Əgər bacarmasam?

– Onda öləcəksən. Öz Yolunda ölmək – bundan xəbəri belə olmayan minlərlə insanın ölümündən yaxşıdır. Narahat olma. Adətən ölüm həyat eşqini və hissləri gücləndirir.

İlk gün keçdi. Səhrada ağır döyüş getmişdi, yaralıları düşərgəyə gətirdilər. "Ölümlə heç nə dəyişmir", – Santyaqo düşündü. Sıradan çıxanların yerini başqaları doldurur və həyat davam edir.

– Sən gec də ölə bilərdin, mənim dostum, – döyüşçülərdən biri üzünü ölmüş yoldaşına tutub dedi. – İndi yox, müharibədən sonra. Amma necə olsa da, ölümdən qaçmaq olmaz.

Axşamtərəfi oğlan Kimyagəri axtarmağa yollandı.

– Mən küləyə çevrilməyi bacarmıram, – gənc dedi.

– Sənə nə dediyimi xatırla: dünya – Allahın yalnız görünən hissəsidir. Əlkimya isə ruhi mükəmməlliyi maddəyə çevirir.

– Bəs, sən nə edirsən? – Santyaqo soruşdu.

– Şahinimə yem verirəm.

187

– Niyə? Mən əgər küləyə çevrilməyi bacarmasam, bizi öldürəcəklər.

– Bizi yox, səni, – Kimyagər cavab verdi.

– Mən küləyə çevrilməyi bacarıram.

İkinci gün oğlan düşərgənin yanındakı qayanın zirvəsinə çıxdı. Gözətçilər ona mane olmadılar: onlar küləyə çevrilməyi bacaran cadugərin gəlməsini bilirdilər və ondan uzaq durmağa çalışırdılar. Bundan başqa, səhra hər hansı həbsxanadan da pisdir.

Santyaqo bütün gün axşama qədər səhraya baxdı. Qəlbini dinlədi. Səhra isə onun qorxusunu çəkdi.

Onlar eyni dildə danışırdılar.

Üçüncü gün başlayanda başçı hərbi rəisləri topladı.

– Baxarıq, bu oğlan küləyə necə çevrilir, – dedi.

– Baxarıq, – Kimyagər cavab verdi.

Santyaqo onları dünən axşam olduğu yerə apardı. Sonra oturmağı xahiş etdi.

– Gözləmək lazım gələcək, – dedi.

– Biz tələsmirik, – başçı cavab verdi. – Biz səhra adamlarıyıq.

Santyaqo üfüqə baxırdı. İrəlidə dağlar, qum təpələri, qayalar vardı; ağlasığmaz olsa da, qumluqda həyat tapan bitkilər vardı. Onun qarşısında səhra uzanmışdı, bir neçə ay yol getsə də, hələ səhranın çox kiçik hissəsini öyrənə bilmişdi. Yolunun üstündə ingilisə, karvanlara, qəbilələr arasındakı müharibəyə, əlli min xurma ağacı bitən və üç yüz quyusu olan vəhəyə rast gəlmişdi.

– Hə, – səhra ondan soruşdu, – sənə daha nə lazımdır? Məgər biz dünən kifayət qədər bir-birimizə baxmadıqmı?

– Oralarda, sənin qumların arasında mənim sevgilim yaşayır, – Santyaqo cavab verdi. – Mən sənə baxanda onu da görürəm; onun yanına qayıtmaq istəyirəm, bunun üçün sənin köməyin lazımdır. Mən küləyə çevrilməliyəm.

– "Məhəbbət" nədir? – səhra soruşdu.

– Məhəbbət – sənin qumlarının üzərindən şahinin uçmasıdır. Sən onun üçün yaşıl çəmənliksən. O, ov etmədən, əliboş geri qayıtmaz. O, sənin qayalarını, təpələrini, dağlarını tanıyır. Sən isə onu mükafatlandırırsan.

– Şahinin dimdiyi məni parçalayır, – səhra cavab verdi. – İllərlə mən ona ov hazırlayıram, harada yanğısını söndürə biləcəyini

189

öz yoxsul sularımla ona göstərirəm. Sonra isə qumlarımda həyatın kəsilmədiyi üçün sevinməyə hazırlaşdığım vaxt – şahin səmadan enib, mənim yaratdığımı götürüb aparır.

– Amma sən bunları onun üçün yaratmısan. Şahini doyuzdurmaq üçün. Şahin isə insanı yedizdirir. İnsan isə vaxt gələcək, sənin qumlarına qida verəcək, burada yenidən həyat yaranacaq və şahin ov edə biləcək. Dünya belə qurulub.

– Məhəbbət budurmu?

– Məhəbbət budur. Məhəbbət – ovu şahinə, şahini insana, insanı isə səhraya çevirir. Məhəbbət qurğuşunu qızıla çevirir, qızılı isə yenidən yerin altında gizlədir.

– Mən sənin sözlərinin mənasını anlamıram, – səhra cavab verdi.

– Onda bir şeyi anla: hardasa, sənin qumların arasında məni bir qadın gözləyir. Buna görə də mən küləyə çevrilməliyəm.

Səhra bir müddət susdu.

– Mən sənə qum verərəm ki, külək onları sovura bilsin. Amma bu azdır. Təklikdə

190

mən heç nə edə bilmərəm. Külәkdәn kömәk istə.

Zəif külәk qalxdı. Hərbi rəislər uzaqdan gəncin namәlum dildә danışdığını izləyirdilər.

Kimyagәr gülümsündü.

Külәk Santyaqoya yaxınlaşıb onun üzünә toxundu. O, gəncin səhra ilә söhbәtini eşitmişdi, çünki küləklәr hәr şeyi bilir. Onlar bütün dünyanı gəzib dolaşır vә onların doğulduğu yer dә, öldüyü yer dә yoxdur.

– Kömәk et mәnә, – oğlan ona dedi. – Bir dəfә sәndә sevgilimin sәsini eşitdim.

– Səhra vә küləyin dilindә danışmağı sәnә kim öyrәdib?

– Ürәyim, – Santyaqo cavab verdi.

Küləyin çoxlu adı vardı. Burada onu "sirokko" adlandırırdılar vә әrəblәr düşünürdü ki, külәk qara dərili insanların yaşadığı, bol sulu diyarlardan әsir; Santyaqonun vәtәnindә onu "levantin" adlandırırdılar, çünki düşünürdülər ki, külәk səhranın qumlarını vә mavrların qışqırıqlarını qovub gәtirir. Bәlkә dә qoyunlar üçün otlaqlar olmayan uzaq ölkәlәrdә insanlar küləyin Əndәlüsdә yarandığını hesab edirlər. Lakin külək heç yerdə doğulmur və heç yerdə ölmür, çünki o, səhradan qüdrətlidir. Səhrada insanlar nəsə yetişdirə bilər, hətta qoyun da saxlaya bilərlər, amma küləyi ram edə bilməzlər.

– Sən külək ola bilməzsən, – külək dedi. – Bizim mahiyyətimiz ayrıdır.

– Düz deyil, – Santyaqo cavab verdi. – Mən səninlə birlikdə dünyanı gəzib dolaşmışam və əlkimyanın sirlərinə bələdəm. İndi mənim daxilimdə Kainatın yaratdığı hər şey – küləklər, səhralar, okeanlar və ulduzlar var. Bizi eyni əl yaradıb və ruhumuz da eynidir. Mən də sənin kimi olmaq istəyirəm, hər yerə girməyi bacarmağı, dənizlərin üzərindən uçmağı, qum dağları yaratmağı, səsimi sevgilimə çatdırmağı istəyirəm.

– Bir dəfə sənin Kimyagərlə söhbətini dinləmişdim, – külək dedi. – O, hər kəsin Öz Yolu olduğunu deyirdi. İnsan küləyə çevrilə bilməz.

– Heç olmasa, bir neçə anlığa sənin kimi olmağı öyrət mənə. Bax, o zaman insan və küləyin sonsuz imkanlarını müzakirə edərik.

Külək hər şeyə maraq göstərirdi – indiyə qədər beləsi qarşısına çıxmamışdı. O bu haqda ətraflı danışmaq istəyirdi, amma doğrudan da insanı küləyə necə çevirəcəyini bilmirdi. Axı, o, çox şey bacarırdı! Səhralar yaradır, gəmiləri batırır, uzunömürlü ağacları və bütün meşəni yıxır, musiqi və anlaşılmaz səslərin yüksəldiyi şəhərlərin üstündən əsirdi. O, dünyada hər şeyin öhdəsindən gəldiyini hesab edirdi, amma bax, bu oğlan küləyin bunu da bacaracağını söyləyirdi.

– Bu, "məhəbbət" adlanır, – Santyaqo, küləyin onun istəyini yerinə yetirməyə hazır olduğunu görüb dedi. – Sevirsənsə, kim istəsən ola bilərsən. Sevirsənsə, nə baş verdiyini anlamaq qətiyyən lazım deyil, çünki hər şey bizim daxilimizdə baş verir, deməli, insan da küləyə çevrilməyə qabildir. Əlbəttə ki, əgər külək ona kömək edəcəksə.

Külək lovğa idi, buna görə də Santyaqonun sözləri onu məyus edirdi. O, səhra qumlarını göyə sovuraraq, var gücü ilə əsməyə başladı. Lakin sonunda, bütün dünyanı gəzib dolaşsa da, insanı küləyə çevirə bilmədiyini etiraf etdi. Hə, bir də məhəbbəti bilmirdi.

– Mən insanların səmaya baxa-baxa məhəbbətdən danışdıqlarını çox görmüşəm, – öz gücsüzlüyündən qəzəblənmiş külək dedi. – Bəlkə, sən də səmaya müraciət edəcən, hə?

– Bu yaxşı fikirdir, – Santyaqo razılaşdı. – Yalnız sən mənə kömək et: toz qaldır ki, gözüm qamaşmadan günəşə baxa bilim.

Külək daha da güclü əsdi, səma toz-duman içində idi, günəş qızılı diskə çevrilmişdi.

Düşərgədən bunu izləyənlər, demək olar ki, heç nə görmürdülər. Səhra adamları küləyin belə şıltaqlıqlarını bilir və bunu "səmum" adlandırırdılar. Bu, onlar üçün dənizdəki fırtınadan da qorxunc idi, – düzdür, indiyə qədər onlar dənizdə olmamışdılar. Atlar dişlərini qıcıtdı, silahların üstünə tökülmüş qum xışıldadı.

Hərbi rəislərdən biri başçıya tərəf dönüb dedi:

– Bəs deyilmi?

Onlar artıq Santyaqonu görmürdülər. Üzləri ağ dəsmallarla örtülmüşdü, açıq olan gözlərinə qorxu çökmüşdü.

– Bunu dayandırmağın vaxtıdır, – başqa bir rəis dilləndi.

– Qoy, Allah özü qüdrətini axıra qədər göstərsin, – başçı cavab verdi. – Mən insanın necə küləyə çevrildiyini görmək istəyirəm.

Amma öz qorxusunu dilə gətirənləri yadda saxladı və qərara aldı ki, külək sakitləşən kimi onları vəzifələrindən çıxarsın, çünki səhra insanı qorxu bilməməlidir.

– Külək dedi ki, sən məhəbbətin nə olduğunu bilirsən, – Santyaqo günəşə dedi. – Əgər belədirsə, Dünya Ruhunu da bilməlisən – axı o, məhəbbətdən yaradılmışdır!

– Buradan mən Dünya Ruhunu görürəm, – günəş cavab verdi. – O mənim ruhuma müraciət edir və biz birlikdə otları göyərdir, qoyunları kölgə axtarmaq üçün bir yerdən başqa yerə aparırıq. Sizin dünyadan çox uzaq olan buradan mən sevməyi öyrənmişəm. Bilirəm ki, azca Yerə yaxınlaşsam, ordakı bütün canlılar öləcək və Dünya Ruhu daha mövcud olmayacaq. Biz uzaqdan bir-

birimizə baxır və uzaqdan bir-birimizi sevi-rik. Mən Yerə həyat və istilik, o isə mənə – varlığımın mənasını verir.

– Sən məhəbbəti bilirsən, – Santyaqo tək-rar etdi.

– Dünya Ruhunu da bilirəm, çünki Kai-natdakı bitməyən səyyahlığımızda biz onunla çox danışırıq. O, mənə əsas çətinliyi-nin nədə olduğunu danışdı: indiyə qədər yalnız daşlar və bitkilər hər şeyin vahid ol-duğunu anlayırlar. Buna görə də zəruri de-yil ki, dəmir misə oxşasın, mis isə qızıldan fərqlənməsin. Bu vahid dünyada hər şeyin öz dəqiq təyinatı var və əgər bütün bunları yazan Əl, Yaradılışın beşinci günündə da-yansaydı, hər şey Dünyanın bir olan simfo-niyasında birləşərdi. Lakin altıncı gün də oldu.

– Sən müdriksən, – gənc dedi, – çünki hər şeyi uzaqdan görürsən. Amma sən məhəb-bətin necə olduğunu bilmirsən. Yaradılışın altıncı günü olmasaydı – insan da olmazdı. Mis mis kimi, qurğuşun qurğuşun kimi qa-lardı. Bəli, hər kəsin Öz Yolu var, lakin nə vaxtsa bu yol bitəcək. Ona görə də başqa bir şeyə çevrilib, yeni Yola başlamaq lazımdır və beləcə, ta o vaxta qədər ki, Dünya Ruhu doğrudan da vahid olsun.

Günəş fikrə getdi və parlaqlığı artdı. Bu söhbətdən zövq alan külək, Sanyaqonu günəş şüalarından qoruyaraq, daha da gücləndi.

— Əlkimya da buna görə mövcuddur, — Santyaqo davam etdi. — Hər kəsin öz xəzinəsini axtarıb tapması, əvvəlkindən daha yaxşı olmasını istəməsi üçün. Qurğuşun dünyaya lazım olan vaxta kimi öz vəzifəsini yerinə yetirəcək, sonra o, qızıla çevrilməlidir. Kimyagərlər belə deyir və onlar sübut edirlər ki, biz daha yaxşı olmağa çalışdıqca, ətrafımızdakılar da yaxşı olur.

— Bəs, sən niyə məhəbbətin necə olduğunu bilmədiyimi düşünürsən?

— Çünki sevirsənsə, səhra kimi bir yerdə dayanmamalısan, külək kimi dünyanın bir tərəfindən vurub o tərəfindən çıxmamalısan, hər şeyə sənin kimi uzaqdan baxmamalısan. Məhəbbət — Dünyanın Ruhunu yaxşılaşdıran qüvvədir. Mən ilk dəfə ona baş vuranda mükəmməl olduğunu hesab etmişdim. Sonra gördüm ki, bizim hamımız onda əks olunub, onun da öz ehtirasları, öz müharibələri var. Onu biz qidalandırırıq və biz yaxşı olsaq, yaşadığımız yer də yaxşı olacaq, pis olsaq, o da pis olacaq. Bax, bu zaman məhəbbətin gücü işə qarışır, çünki sevirsənsə, yaxşı olmağa çalışırsan.

– Yaxşı, bəs məndən nə istəyirsən?

– Mənim küləyə çevrilməyimə kömək et!

– Təbiət bilir ki, dünyada məndən müdrik olan yoxdur, – günəş cavab verdi, – amma mən səni necə küləyə çevirməyi bilmirəm.

– Bəs, mən kimə müraciət edim?

Günəş bir anlığa düşündü: söhbətə qulaq asan külək dərhal bütün dünyaya yayacaq ki, günəşin müdrikliyinin hüdudu vardır. Bundan başqa, Ümumi Dildə danışan bu gəncdən qaçmaq da ağılsızlıq olardı.

– Bunu, Hər şeyi Yazmış Əldən soruş.

Külək sevinclə qışqırdı və görünməmiş qüvvə ilə əsdi. Bir neçə çadır yerindən qopdu, bağlı atlar iplərini qırdı, qayadakı insanlar aşağı yuvarlanmamaq üçün bir-birinə sarıldılar.

Santyaqo Hər şeyi Yazmış Ələ tərəf çevrildi və dərhal Kainatın sükuta qərq olduğunu hiss etdi. O bu sükutu pozmağa cəsarət etmədi.

Sonra Məhəbbət qüvvəsi onun ürəyindən sel kimi axıb, dua etməyə başladı. O öz duasında heç nə istəmədi və ümumiyyətlə bir kəlmə də demədi, qoyunları otlaq tapdıqlarına görə təşəkkür etmədi, dükana çoxlu büllur alıcısı göndərməsini, səhrada rastlaşdığı qadının onu gözləməsini xahiş etmədi. Sükut içində anladı ki, səhra, külək və günəş də bu Əlin yazdığı əlamətləri axtarır, onlar da Öz Yollarını getmək üçün zümrüd səthinin birində yazılanları dərk etmək istəyirlər; anladı ki, bu əlamətlər bütün Yer üzünə, kosmosa səpələnib və zahirən onlarda heç bir məna, səbəb yoxdur. Nə səhralar, nə küləklər, nə günəşlər, nə də insanlar nə üçün yaradıldıqlarını bilmirlər. Yalnız Hər şeyi Yaradanın Əlinin buna bir səbəbi olmuşdur və yalnız o, möcüzələr yaratmağa – okeanları səhraya, insanları küləyə çevirməyə qabildir. Çünki yalnız O, Kainatı hansısa niyyətin altı günlük Yaradılışın Böyük Yaradılışa çevriləcəyi yerə apardığını anlayır.

Gənc Dünya Ruhuna daldı və onun – İlahi Ruhun bir hissəsi olduğunu, İlahi Ruhunsa – öz ruhu olduğunu və möcüzələr yarada biləcəyini gördü.

Həmin gün səmum çox güclü əsmişdi.

Küləyə çevrilən və səhranın ən qüdrətli hərbi rəisini qarşısına alaraq, az qala onun düşərgəsini məhv edən oğlan haqqında əfsanə nəsillərdən nəsillərə ötürüləcəkdi.

Külək sakitləşəndə hamı gəncin dayandığı yerə baxdı, amma o, yerində yox idi. O, düşərgənin o biri ucunda, yarıya qədər quma batmış keşikçinin yanında idi.

Cadugərlik gücü hamını qorxutmuşdu. Yalnız iki nəfər gülümsünürdü: öz şagirdi ilə fəxr edən Kimyagər və qəbilə başçısı – o, bu gəncin İlahi qüdrəti dərk etdiyini anlayırdı.

Növbəti gün başçı Santyaqo və Kimyagəri buraxdı, döyüşçülərindən birini isə onlara mühafiz təyin etdi.

Onlar bütün günü yol getdilər, axşam düşəndə Kimyagər döyüşçünü geri göndərdi və atdan düşdü.

– Bundan sonra tək gedəcəksən, – Santya-
qoya dedi. – Piramidalara üç saatlıq yol qa-
lıb.

– Sağ ol, – oğlan cavab verdi. – Sən mənə
Ümumi Dili öyrətdin.

– Bunu mənsiz də bilirdin, mən sadəcə
xatırlatdım.

Kimyagər monastırın darvazasını döydü.
Eşiyə çıxan qara geyimli rahiblə qısaca nəsə
danışdılar və Kimyagər Santyaqonu içəri
dəvət etdi.

– Ona dedim ki, sən mənə kömək edəcək-
sən.

Kimyagər monastırın mətbəxində ocaq
yandırdı, rahib ona qurğuşun parçası gətir-
di. Kimyagər onu dəmir qaba salıb, ocağın
üstünə qoydu. Qurğuşun əriyəndə o, cibin-
dəki sarı rəngli şüşə yumurtanı çıxartdı. On-
dan sancaq başı boyda bir qırıq qoparıb mu-
ma batırdı və ərimiş qurğuşunun içinə atdı.

Maye qan kimi qırmızı rəng aldı. Kimya-
gər qabı alovun üstündən götürüb, rahiblə
səhradakı müharibə haqqında söhbət edə-
edə onun soyumasını gözlədi.

– Qorxuram ki, müharibə uzun sürə.

201

Rahib də məyus olmuşdu: müharibə ucbatından karvanlar çoxdan idi ki, Gizexdə dayanmışdılar. "Amma hər şey Allahın hökmündədir" – rahib sakitcə dedi.

– Doğrudur, – Kimyagər dilləndi.

Qab soyuyanda Santyaqo və rahib heyrətlə bir-birinə baxdılar: qurğuşun, qabın formasını alaraq qızıla çevrilmişdi.

– Mən də bunu nə vaxtsa öyrənəcəyəmmi? – oğlan soruşdu.

– Bu, mənim yolum idi, sənin deyil. Mən sadəcə bunun mümkün olduğunu sənə göstərmək istədim.

Onlar yenə monastırın darvazasına tərəf qayıtdılar. Kimyagər burada qızıl diski dörd yerə böldü.

– Bu sənindir, – o, qızıl parçasının birini rahibə verərək dedi. – Ziyarətçiləri həmişə mehribanlıqla qarşıladığına görə.

– Mənim mehribanlığım üçün bu, həddən artıq çoxdur, – rahib etiraz etdi.

– Heç zaman belə danışma. Həyat bunu eşidib, növbəti dəfə az verə bilər, – Kimyagər dedi və Santyaqoya tərəf döndü. – Bu isə sənindir, qəbilə başçısına verdiyim pullara görə.

Oğlan da qızılın çox olduğunu demək istəyirdi, amma susdu.

– Bu mənimdir, – Kimyagər sözünə davam etdi. – Mən evə qayıtmalıyam, səhrada isə müharibə gedir.

O, dördüncü parçanı yenə rahibə uzatdı:

– Bu da Santyaqonundur. Nə vaxt gəlib istəsə, ona verərsən. Bəlkə, lazımı olar.

– Axı, mən onsuz da xəzinə dalınca gedirəm!– o bərkdən dedi. – Həm də buna çox yaxınam!

– Mən əminəm ki, sən onu tapacaqsan, – Kimyagər dedi.

– Onda qızıl mənim nəyimə lazımdır?

– Çünki sənin olanı iki dəfə itirmisən. Birinci dəfə fırıldaqçı səni aldadıb, ikinci dəfə isə qəbilə başçısı pullarını götürüb. Mən qoca xurafatçı ərəbəm və atalar sözümüzün doğruluğuna inanıram: "Bir dəfə olan şey, ola bilər ki, daha heç zaman olmasın. Amma iki dəfə olan şey, mütləq üçüncü dəfə də baş verəcək".

Onlar atlara mindilər.

– Sənə yuxular haqqında əhvalat danışmaq istəyirəm, – Kimyagər dedi. – Atını yaxın sür.

Oğlan yaxınlaşdı.

– Hə, biri vardı, biri yoxdu, imperator Tiberinin dövründə, qədim Romada bir xeyirxah kişi və onun iki oğlu vardı. Oğullardan biri döyüşçü oldu və imperiyanın ən uzaq əyalətinə xidmətə yollandı. İkinci oğul isə bütün Romanı heyrətə salan şerlər yazdı.

Bir dəfə qoca yuxusunda gördü ki, səmadan bir mələk enib, ona oğullarından birinin yazdığı sözlərin bütün dünyada məşhur olacağını və insanların yüz illər boyunca bu sözləri təkrarlayacağını dedi. Qoca xoşbəxtlikdən ağladı: tale ona mərhəmət göstərmişdi, çünki hər bir atanın hiss edə biləcəyi ən böyük sevinci ona bəxş etmişdi.

Tezliklə qoca həlak oldu – bir uşağı arabanın altından xilas etmək istəyəndə, özü təkərin altına düşdü. O, mömin olduğundan və pak həyat sürdüyündən, səmaya ucaldı və yuxusunda gördüyü mələklə görüşdü.

– Sən xeyirxah və yaxşı insan olmusan, – mələk ona dedi. – Sənin həyatın məhəbbət dolu, ölümün isə ləyaqətli olmuşdur. Mən sənin istənilən xahişini yerinə yetirə bilərəm.

– Həyat da mənə mərhəmətli olub, – qoca cavab verdi. – Sən yuxuma girəndə hiss etdim ki, səylərim əbəs deyilmiş. Çünki oğlumun şerləri nəsillərdən nəsillərə ötürüləcək. Özüm üçün heç nə istəmirəm, lakin hər bir ata böyütdüyü, tərbiyə etdiyi oğlunun şöhrəti ilə fəxr edər. Buna görə də gələcəkdə oğlumun deyəcəyi sözləri eşitmək istəyirəm.

Mələk onun çiyinlərinə toxundu və bir anda onların hər ikisi uzaq gələcəyə getdilər – və özlərini böyük şəhərdə, naməlum dildə danışan minlərlə insanın əhatəsində gördülər.

Qocanın gözləri yenə sevinc yaşları ilə doldu.

– Mən bilirdim ki, oğlumun şerləri əsrlər boyu yaşayacaq, – o, sevindiyindən ağlayaraq dedi. – De, bu insanlar onun hansı sözlərini təkrar edirlər.

Mələk qocanı skamyada əyləşdirdi və özü də keçib onun yanında oturdu.

– Sənin oğlunun şerləri bütün Romada məşhur oldu, hamı bu şerləri əzbərdən bilirdi. Lakin Tiberinin hakimiyyəti bitdikdən sonra şerlər unuduldu. İnsanlar sənin başqa oğlunun – döyüşçünün sözlərini təkrar edirlər.

Qoca kişi mələyə təəccüblə baxdı.

– O, uzaq əyalətlərin birində xidmət etdi, – mələk dedi – və yüzbaşı oldu. O da ədalətli və xeyirxah idi. Bir dəfə onun qullarından biri ölümcül xəstələndi. Sənin oğlun bir təbibin buralara gəldiyini eşidib, onu axtarmağa yollandı. Yolda isə öyrəndi ki, bu insan Məsihdir. O, məsihin sağaltdığı insanlarla görüşdü, onun təlimini öyrəndi və Roma yüzbaşısı olmasına baxmayaraq, onun dinini qəbul etdi. O, dəfə səhər çağı onunla qarşılaşdı. Ona qulunun xəstə olduğunu dedi. Ustad adlandırılan bu insan yüzbaşı ilə getməyə hazırlaşdı. Lakin yüzbaşı mömin adam idi və Ustadın gözlərinə baxaraq, Məsihin qarşısında durduğunu anladı. Bax, o zaman sənin oğlun əsrlər boyu unudulma-

yacaq sözləri dedi: "Ya rəbb! Mən layiq de-
yiləm ki, evimə gələsən, yalnız bir söz de və
mənim qulum sağalacaq".

Kimyagər atı sürdü.

– Yer üzündə hər bir insan, nə iş görürsə
görsün, dünya tarixində mühüm rol oyna-
yır və adətən bunu özü də bilmir.

Santyaqo gülümsədi. O, heç zaman düşün-
məmişdi ki, çoban həyatı mühüm ola bilər.

– Əlvida, – Kimyagər dedi.

– Əlvida, – oğlan cavab verdi.

Santyaqo səhra ilə iki saat yarım yol get-
di, ürəyinin səsinə diqqətlə qulaq asdı.
Məhz o, xəzinənin gizlədildiyi yeri deyə bi-
lərdi. "Xəzinə hardadırsa, sənin ürəyin də
orada olacaq", – Kimyagər ona demişdi.

Lakin qəlbi başqa şey deyirdi. O, eyni yu-
xunu iki dəfə görüb, onu həyata keçirmək-
dən ötrü qoyunlarını atan çobanın tarixçəsi-
ni danışırdı. O, Öz Yolu haqqında ona xatır-
ladır və müasirlərinin düşüncələri əleyhinə
çıxır, yeni torpaqlar, yaxud gözəlliklər axta-
rışına yollananların bu yolu keçdiklərini
ona söyləyirdi. O, böyük kəşflər, böyük də-
yişikliklər, kitablar haqqında danışırdı.

Santyaqo yalnız qum təpəsi ilə qalxanda ürəyi ona pıçıldadı: "Diqqətli ol. Sən ağladığın yerdə mən də olacağam və deməli, sənin xəzinən də orada olacaq".

Oğlan yavaş-yavaş gedirdi. Ulduz dolu səmada yenidən bədirlənmiş ay göründü – bir ay idi ki, səhrada yol gedirdi. Ay təpəni işıqlandırmışdı və kölgələr elə qəribə şəkildə rəqs edirdilər ki, səhra dalğalanmış dənizə bənzəyirdi. Santyaqo Kimyagərlə vidalaşdığı və atın yüyənini açıb, onu buraxdığı günü xatırladı. Ay sükut içində olan səhranı və xəzinə axtarışına çıxanların geridə qoyduğu yolu işıqlandırırdı.

Bir neçə dəqiqədən sonra o, təpəyə qalxan zaman, ürəyi bərk-bərk döyündü: Ayın işıqlandırdığı möhtəşəm piramidalar qarşısında idi.

Santyaqo dizi üstə düşüb ağladı. Onu Öz Yoluna inandıran Melhisedeki, Büllur Tacirini, ingilisi, Kimyagəri qarşısına çıxardığı və ən əsası, onu, məhəbbətin insanı heç zaman Yolundan döndərməyəcəyinə əmin edən səhra qadını ilə görüşdürdüyü üçün Allaha şükr etdi.

Minilliklərin zirvəsindən piramidalar gəncə baxırdı. İndi o istəsə, səhraya qayıdıb Fatimə ilə evlənə və qoyun otara bilər. Səhrada isə Ümumi Dili bilən və qurğuşunu qızıla çevirməyi bacaran Kimyagər yaşayır. Bir adam yox idi ki, Santyaqo ona öz məharətini göstərsin, öz müdrikliyinin məhsulu ilə onu təəccübləndirsin: o, Öz Yolu ilə gedərək lazım olan hər şeyi öyrənmiş və bütün arzuları çin çıxmışdı.

Lakin o öz xəzinəsini axtarırdı, axı, yalnız məqsədə çatdıqda işin bitmiş olduğunu hesab etmək olar. Oğlan təpədə durub ağlayırdı və aşağıya baxdıqda isə göz yaşlarının töküldüyü yerdə böcəyin olduğunu gördü. Səhrada yol gedərkən Santyaqo öyrənmişdi ki, böcək – Misirdə Allahın rəmzidir.

Daha bir əlamət də qarşısına çıxdı və oğlan qazmağa başladı, amma əvvəlcə Büllur Tacirini xatırladı və onun haqlı olmadığını anladı: heç kim, bütün ömrü boyunca daşı daşın üstünə qoysa da, öz həyətində piramida tikə bilməz.

Bütün gecəni qumu qazdı, amma heç nə tapmadı. Piramidaların zirvəsindən minilliklər sükut içində ona baxırdı. Lakin o, təslim olmaq fikrində deyildi – qazdığı çuxuru dolduran küləklə mübarizə aparır, hey qazırdı.

Santyaqo əldən düşdü, əlini yaraladı, lakin ona göz yaşlarının düşdüyü yeri qazmağı deyən ürəyinə inanmağa davam edirdi.

Çuxurdan daşları çıxaran vaxt birdən ayaq səsləri eşitdi. Santyaqo çevrilib baxdı və bir neçə adam gördü. Onlar ayın qarşısında dayandıqlarından, Santyaqo üzlərini ayırd edə bilmədi.

– Sən burada nə edirsən? – onlardan biri soruşdu.

Oğlan cavab vermədi. Qorxu onu bürüdü, çünki itirəcək çox şeyi vardı.

– Biz müharibədən qaçmışıq, – o biri dedi. – Bizə pul lazımdır. Burada nə gizlətmisən?

– Heç nə gizlətməmişəm, – Santyaqo cavab verdi.

Lakin fərarilərdən biri onu çuxurdan çıxarıb üst-başını yoxladı və qızıl külçəsini tapdı.

– Qızıl! – o qışqırdı.

İndi ay onun üzünü işıqlandırırdı və Santyaqo quldurun gözlərində öz ölümünü gördü.

– Orada yenə olmalıdır! – ikinci dedi.

Onlar Santyaqonu qazmağa məcbur etdilər, o da buna tabe oldu. Lakin xəzinə yox idi, belə olduqda quldurlar onu döyməyə başladı. Dan yeri sökülənə qədər onu təpiklədilər. Paltarı cırıq-cırıq olmuşdu və ölümünün yaxınlaşdığını hiss edirdi.

O, Kimyagərin sözlərini xatırladı: "Əgər öləcəksənsə, pul nəyinə lazımdır? Pullar bir an da olsun ölümü gecikdirə bilməz".

– Mən xəzinə axtarıram! – Santyaqo qışqırdı.

O, qana batmış dodaqlarını çətinliklə tərpədərək, iki dəfə yuxuda Misir piramidalarının yanında xəzinə gördüyünü quldurlara danışdı.

Özünü başçı kimi aparan quldur uzun müddət susdu, sonra yanındakılara dedi:

– Onu buraxın. Onun daha heç nəyi yoxdur, bu külçəni isə hardansa oğurlayıb.

Santyaqo yıxıldı. Quldurbaşı onun gözlərinə baxmaq istəyirdi, lakin gəncin gözləri piramidalara dikilmişdi.

– Gedək burdan, – quldurbaşı o birilərə dedi və sonra Santyaqoya tərəf döndü: – Mən səni sağ buraxıram ki, bir də belə axmaqlıq etməyəsən. Mən özüm iki il əvvəl indi sənin durduğun yerdə bir yuxunu iki dəfə görmüşəm. Yuxuda görmüşəm ki, guya mən İspaniyaya getməli, çobanların gecələməyə qaldığı xaraba kilsəni tapmalı, əvvəllər cübbəxananın olduğu yerdə bitən firon əncirini görməliyəm. Guya onun dibində xəzinə gizlədilib. Amma mən sənin kimi axmaq deyiləm ki, bir yuxuya görə səhralara düşəm.

Bu sözlərdən sonra quldurlar çıxıb getdilər.

Santyaqo çətinliklə ayağa qalxıb, son dəfə piramidalara baxdı. Onlar gəncə gülümsəyirdilər, o da cavabında gülümsündü və ürəyinin sevinclə dolduğunu hiss etdi.

O, öz xəzinəsini tapmışdı.

EPİLOQ

Gəncin adı Santyaqo idi. O, xaraba kilsəyə çatanda hava tamamilə qaralmışdı. Cübbəxananın yerində əvvəlki kimi firon ənciri vardı, dağılmış qübbədən isə ulduzlar görünürdü. Bir dəfə öz qoyunları ilə birlikdə burada gecələdiyini və gördüyü yuxunu saymasa, gecənin sakit keçdiyini xatırladı.

İndi yenidən burada idi. Lakin bu dəfə qoyunları gətirməmişdi. Onun əlində bel vardı.

Uzun müddət səmaya baxdı, sonra çantasından şərab çıxarıb, bir qurtum içdi. Bir də-

213

fə gecə səhrada, Kimyagərlə birlikdə ulduz-
lara baxdığını və şərab içdiyini xatırladı. Nə
qədər yolu geridə qoyduğunu və Allahın
necə qəribə yolla ona xəzinənin yerini gös-
tərdiyini düşündü. Əgər yuxularına inan-
masaydı, qaraçı qarıya, Melhisedekə, qul-
durlara rast gəlməzdi...

"Siyahı çox uzundur. Lakin yol cızılmışdı
və bu yoldan çıxa bilməzdim", – fikirləşdi.

Özü də bilmədən yuxuya getdi. Oyandıq-
da isə günəş artıq qalxmışdı. Santyaqo firon
əncirinin kökünü qazmağa başladı.

"Qoca cadugər, – Kimyagər haqqında dü-
şündü, – sən hər şeyi əvvəldən bilirdin. Sən
hətta qızılın ikinci külçəsini də mənə verdin
ki, buraya gələ bilim. Məni döyülmüş və cır-
cındır içində görən rahib gülmüşdü. Məgər
sən məni bütün bunlardan azad edə bilməz-
dinmi?"

"Yox, – küləyin xışıltısında eşitdi. – Əgər
bunları sənə desəydim, piramidaları gör-
məzdin. Axı onlar çox gözəldir, elə deyilmi?"

Kimyagərin səsi idi. Gənc gülümsədi və
qazmağa davam etdi. Yarım saatdan sonra

bel nəsə bərk şeyə toxundu və daha bir saat-
dan sonra isə Santyaqonun qarşısında qızıl
dolu sandıqça vardı. Onun içində qiymətli
daş-qaş, ağ və qırmızı lələklərlə bəzədilmiş
qızıl maskalar, brilyantlarla işlənmiş daş
bütlər vardı, – yəqin ki, xəzinə sahibi bu ba-
rədə daim susmuş və hətta öz uşaqlarına da
deməmişdi.

Santyaqo çantasından Urim və Tumimi
çıxartdı. Onlar yalnız bir dəfə, bazarda ona
lazım olmuşdu: həyat, bunsuz da oğlana
doğru əlamətlər göndərirdi.

O, daşları sandıqçaya qoydu – bunlar da
onun xəzinəsinin bir hissəsidir: daşlar ona
bir daha görməyəcəyi qoca şahı yadına sala-
caqdı.

"Həyat, doğrudan da, Öz Yolu ilə gedən-
lərə lütfkardır, – düşündü və Tarifə gedib
xəzinənin onda birini qaraçıya verəcəyini
xatırladı. – Qaraçılar necə də müdrikdirlər!
Yəqin ki, dünyanı çox gəzib-dolaşdıqları
üçün".

Yenə külək əsdi. Bu, Afrikadan əsən "le-
vantin" küləyi idi, lakin bu dəfə o, səhranın

qoxusunu gətirmirdi, mavrların hücumunu xəbər vermirdi. İndi Santyaqo ona tanış olan qoxunun, səsin və dadın yaxınlaşdığını və nəhayət, dodaqlarına qonan öpüşü hiss etdi.

Oğlan gülümsədi: bu, Fatimənin ilk öpüşü idi.

– Mən gəlirəm, – o dedi, – sənin yanına gəlirəm, Fatimə.

www.ingramcontent.com/pod-product-compliance
Lightning Source LLC
Chambersburg PA
CBHW030519020726
47494CB00004B/1162